Arena-Taschenbuch
Band 50949

Weitere Titel von Federica de Cesco im Arena Verlag:
*Wildpferde in Gefahr*
*Im Wind der Camargue*
*Der Schicksalsritt*
*Pferde, Wind und Sonne*
*Das Mondpferd*
*Wilde Pferde, weites Land*
*Solal, das Feuerpferd*
*Sonnenpfeil*
*Ein Pferdesommer voller Freiheit*
*Melina und die Delfine*
*Der Ruf der Elefanten*
*Der Türkisvogel*
*Milas Zauberlied*
*Tochter des Meeres*
*Weißer Kranich über Tibet*
*Kel Rela. Im Herzen der Sahara*
*Die goldenen Dächer von Lhasa*
*Tara und die Reiter des Windes*
*Aischa oder Die Sonne des Lebens*
*Hinani. Tochter der Wüste*
*Der rote Seidenschal*
*Shana, das Wolfsmädchen*
*Shana, das Wolfsmädchen und der Ruf der Ferne*

*Federica de Cesco*
war von ihrer frühesten Jugend an immer mit Pferden zusammen und hat diese Liebe zu den edlen Tieren in viele ihrer Romane einfließen lassen. Ein weiteres wichtiges Hobby ist für sie das Reisen. Zahlreiche Länder auf verschiedenen Kontinenten hat sie bereits besucht und oft mehrere Monate in der Fremde verbracht, um verschiedene Kulturen kennenzulernen. Auch davon erzählen ihre Geschichten. Ihre Bücher wurden in zahlreiche Sprachen übersetzt. Für ihr schriftstellerisches Schaffen wurde Federica de Cesco mehrfach ausgezeichnet.

# *Mari reitet wie der Wind*

Federica de Cesco

Arena

FSC
www.fsc.org
MIX
Papier aus verantwortungsvollen Quellen
FSC® C110508

1. Auflage als Arena-Taschenbuch 2017

Umschlaggestaltung: Jennifer Haug unter Verwendung von Fotos von © Fuse, fotolia, © S. Fischer, fotolia und © Zuzi, fotolia
Gesamtherstellung: Westermann Druck Zwickau GmbH
ISSN 0518-4002
ISBN 978-3-401-50949-5

Besuche uns unter:
*www.arena-verlag.de*
*www.twitter.com/arenaverlag*
*www.facebook.com/arenaverlagfans*

# 1. Kapitel

Unermüdlich lief Mari über die staubige Landstraße. Schon seit fast einer Stunde war sie unterwegs – unterwegs zu Paloma, ihrem Pferd. Sie war verzweifelt gewesen vor Sehnsucht, aber nun ging es ihr wieder besser. Zu beiden Seiten der Straße dehnte sich der rissige Boden, glitzernd von Salzkristallen. Möwen kreisten in der blaugelben Luft. Über einem Teich schimmerten Luftspiegelungen, immer wieder brauste der Wind hoch und legte sich wieder. Die Sonne glühte; das Weiß war so blendend, dass Mari halb die Augen schloss. Sie lief gleichmäßig und lautlos, mit lockeren Bewegungen und niemals zu schnell. Auf diese Weise kam sie gut voran und schaffte mühelos größere Strecken, ohne außer Atem zu kommen. Ihre Schultasche hatte sie unter einem Busch versteckt, dort, wo der Damm von Les-Saintes-Maries-de-la-Mer

endete und Tang in schwärzlichen Mustern auf dem Sand trocknete.
Die Gegend wurde allmählich grüner. Schilf raschelte im heißen Wind und über den Sümpfen lag Sonnenglanz. Im Schatten einiger Schirmpinien weideten braune Schafe, bewacht von einem großen Schäferhund und seinem Herrn. Als Mari vorbeilief, reckte der Hund friedlich die Ohren. Auf seinen Stab gestützt, hob Gabriel, der Hirte, grüßend die Hand. Mari lächelte ihm zu, lief aber ohne Halt weiter. Gabriel sah dem Mädchen nach. Sie trug Jeans mit Rissen an den Knien, ein verwaschenes rotes T-Shirt und eine Kette bunter Holzperlen, die bei jedem Schritt leise aneinanderschlugen. Sie hatte ein ovales zimtfarbenes Gesicht; ihre braunen Locken wehten im Wind. Gabriel nickte nachdenklich vor sich hin. Ein Lächeln, halb wehmütig, halb zärtlich, wanderte über sein runzeliges Gesicht.
»Siehst du dieses Mädchen, Grincho?«, sagte er zu seinem Hund. »Sie will zu Paloma, ihrer weißen Stute. Was für eine Schande, die beiden zu trennen! Dabei hat sie der alte Emilio – Friede seiner Seele! – mit der Schnur der Ratte verbunden. Grincho, mein guter Hund, weißt du, was das bedeutet? Die Schnur der Ratte wird aus drei Pferdehaaren geflochten. Wie man es rich-

tig macht, wissen nur noch die Großmütter. Emilios Schnur war über hundert Jahre alt. Verbindet man zwei Menschen mit dieser Schnur, werden sie wie Brüder und Schwestern sein. Das gilt auch für Mensch und Tier. Ach, Grincho, mein Lieber, du kennst es ja selbst. Als du ein kleiner Welpe warst, habe ich die Schnur um meine Hand und deine Pfote gewickelt. Jetzt sind wir Brüder. Und Mari und Paloma, siehst du, sie sind Schwestern. Marcel Aumale hat sie auseinandergerissen. Dieser Kerl stinkt nach Geld wie meine Füße nach schmutzigen Socken. Aber das wird ihm kein Glück bringen.«

Grincho war daran gewöhnt, dass Gabriel mit ihm sprach. Er legte die Schnauze auf seine Pfoten und blinzelte, als wollte er damit seine Zustimmung geben.

Die Sache mit Paloma war vor drei Wochen geschehen. Onkel Emilio hatte das Dach seiner Cabane flicken wollen – er wohnte schon lange in solch einem hüttenartigen, weiß gekalkten Haus mit einem Binsendach, wie es sie in dieser Gegend oft gab. Onkel Emilio, der schon jahrelang Witwer war, war von der Leiter gefallen, hatte sich das Genick gebrochen und war sofort tot gewesen. Nach der Beerdigung hatte sich herausgestellt, dass er Marcel Aumale Geld schuldete. Dieser beschlagnahmte das Haus und das kleine Stück Land. Auch Emilios fünf Schafe, die Stute Lia und das Fohlen Paloma gingen in seinen Besitz über. Mari hatte vor Schmerz laut geschluchzt.

»Paloma gehört mir! Onkel Emilio hat mir das Pferd geschenkt!«

»Sei still«, hatte die Mutter traurig gesagt. »Aumale hat ein Recht auf das Fohlen. Emilio hat Geld von ihm genommen und es nicht zurückgezahlt.«

Als Mari beim Laufen an Marcel Aumale dachte, wurde ihr heiß. Ihre Wangen brannten vor Verzweiflung und Wut. Wie sie diesen Menschen verabscheute!

Marcel Aumale stammte aus dem Norden, war Immobilienhändler von Beruf. Er baute Eigentumswohnungen und Hotels. Mit »Spazierritten« auf Camargue-Pferden lockte er die Kundschaft an. Angeführt von einem Reitlehrer, der als Gardian verkleidet war, also als Viehhüter, ritten die Touristen durch das Naturschutzgebiet, ohne Rücksicht auf die empfindliche Tier- und Vogelwelt. Das Bürgermeisteramt hatte die Genehmigung dazu erteilt. Bestechung, flüsterten die Einheimischen.

Mari hatte schon immer Mitleid mit den Pferden von Marcel Aumale gehabt. Sie wirkten lustlos und abgestumpft, das Feuer in ihrem

Blick war erloschen. Der Gedanke, dass Paloma nun das gleiche Schicksal bevorstand, erfüllte sie mit ohnmächtigem Zorn. Mit unendlicher Freude und Geduld hatte sie das Füllen zugeritten. Unzählige Male hatte Paloma sie abgeworfen, sich wild gegen den Halfter gesträubt. Mari besaß keinen Sattel; sie wollte auch nicht, dass Paloma eine Gebissstange im Maul hatte. Sie sprach in einem beruhigenden, liebevollen Singsang mit dem Tier, bis Paloma endlich stillhielt und Mari sich auf sie schwingen konnte. Der Schimmel duldete nur sie auf seinem Rücken. Er wollte auch nicht, dass andere ihn streichelten, entwich ihnen schnaubend, schlug unwillig aus. Es war bekannt, dass Marcel Aumale und seine Gardians brutal mit den Pferden umgingen. Scheu und eigensinnig, wie sie war, würde Paloma solch rohe Behandlung nicht hinnehmen. Sie würde sich zur Wehr setzen, sich dabei zu Tode toben.

Wie kann ich sie nur retten?, dachte Mari verzweifelt.

Mari war ein Kind der Boumians, der Nachkommen des »Fahrenden Volkes« in Südfrankreich. Viele von ihnen lebten noch in Wohnwagen, waren aber sesshaft geworden und schickten ihre Kinder zur Schule. Die Frauen bebauten kleine Gärten, halfen bei der Weinlese oder

der Ernte. Die Männer waren Korbmacher, Viehhüter oder Zirkusartisten. Auch Mari ging zur Schule, aber das Lernen machte ihr wenig Spaß. Mit zwölf konnte sie gerade genug lesen und schreiben, um einen Brief zu verfassen, der von Fehlern wimmelte. Doch Mari war das egal.

»Um zu reiten, brauche ich das nicht.«

Mari und ihre kleine Schwester Deborah waren ohne elektrisches Licht und ohne Wasseranschluss groß geworden. Abends wurde der Wohnwagen von einer Petroleumlampe erleuchtet. Lola, Maris Mutter, kochte mit Butangas.

Um sich zu waschen, benutzten sie das Wasser aus dem kleinen Bach. Im Winter musste Mari manchmal das Eis mit einem Stein zertrümmern.

Maris Vater war ein Franzose, ein waghalsiger, abgebrühter Kerl, der sich oft seltsam benahm. Alain hatte mit seinen Eltern gebrochen, sein Studium aufgegeben und in einem Zirkus mit Pferden gearbeitet, nachdem er Lola kennengelernt hatte. Aber seine Gage war spärlich bemessen gewesen, und als das zweite Kind kam, hatte er sich aus dem Staub gemacht.

Lola und ihre Kinder lebten von der Sozialhilfe, in tiefster Armut. Die Sippe nahm es ihr übel, dass sie einen Gatscho – einen Nichtzigeuner – geheiratet hatte. Mitunter hatte Lola mit Mari über diese Dinge gesprochen, als sei ihre Tochter eine Erwachsene.

»Die alten Frauen sind böse auf mich. Und jetzt, wo Alain im Gefängnis sitzt, hilft mir keine.«

Maris Vater hatte seine Stelle im Zirkus verloren, sich mit Drogenhändlern angelegt und Schlägereien angezettelt. Einmal waren zwei Polizisten gekommen, hatten Lola verhört und den Wohnwagen nach gestohlener Ware durchsucht. Als sie endlich gegangen waren, hatte der Wohnwagen wie ein Schlachtfeld ausgesehen und Lola hatte leise und verzweifelt geschluchzt.

»Siehst du, Mari, dein Vater hat ein gutes Herz, aber er ist jähzornig und unberechenbar. Er wollte schnell zu Geld kommen und hat sich in dunkle Geschäfte eingelassen. Jetzt muss er dafür büßen.«

Mari sagte nichts und dachte nur: Er hat es nicht anders verdient. Ein paarmal hatte sie erlebt, wie Alain Lola geschlagen hatte. Sie hatte nicht verstanden, warum sich die Mutter nicht wehrte, sondern bloß weinte und wimmerte. Statt Mitleid mit ihr zu haben, schlug Alain sie dann noch stärker. Das war schrecklich gewesen, aber Mari hatte daraus gelernt. Sie hatte

sich vorgenommen, sich so etwas nie gefallen zu lassen. »Wenn ich groß bin, werde ich zurückschlagen. Und wie!«
Aber Lola konnte das nicht. Lola war so sanft, so gutmütig. Sie verdiente ein wenig Geld, indem sie nach den Rezepten der Großmutter Salben und Medizin aus Kräutern herstellte und verkaufte. Claire, die Großmutter, war in der Heilkunst geübt gewesen. Sie hatte Lola in ihr Wissen eingeweiht. Lola beruhigte mit Pflanzen den Juckreiz von Insektenstichen, kurierte mit Schwitzbädern tief sitzenden Husten. Sie heilte Hautkrankheiten mit Kleiebädern, Brandwunden mit Lehm, Frostbeulen mit Olivenöl. Besondere Heilmittel linderten Durchfall, senkten das Fieber. Mari und Deborah waren selten krank. Wenn sie einmal Schnupfen oder Fieber hatten, gab ihnen Lola einen Sirup, den sie in einem Tontopf auf offener Flamme anrührte. Nach ein paar Stunden ging es den Kindern wieder gut. Natürlich gab es gegen solche Krankheiten auch Tabletten in der Apotheke. Aber Lolas Medizin war besser.
Mari war oft dabei, wenn sie die Heilmittel zubereitete, und stellte eine Menge Fragen. Aber eines Tages hatte Lola zu ihr gesagt: »Diese Dinge sind nichts für dich, Mari. Das weiß ich sicher. Die Sprache der Pflanzen wird Deborah

sprechen. Aber tröste dich, du hast eine andere Gabe. Du sprichst die Sprache der Tiere, wie dein Vater.«

Mari war wütend geworden.

»Ich will nicht wie mein Vater werden!«

Über Lolas Gesicht war ein Lächeln gehuscht. »Du hast seine Stärke und Willenskraft, aber nicht seinen Leichtsinn. Du bist der bessere Teil von ihm.«

Auch jetzt, beim Laufen, dachte Mari über Lolas Worte nach. Ihre Mutter konnte weder lesen noch schreiben, aber es gab viele Dinge, die sie besser wusste als andere Menschen. Der Wind wehte und ließ das Schilf rauschen. Das war fast so, als ob Mari die Stimme der Mutter hörte. Sie wurde allmählich müde, aber zum Glück lag der größte Teil der Strecke jetzt hinter ihr. Bald näherte sie sich dem Strand. Knorriges Gebüsch bedeckte den Boden mit kargem Schatten, Salz- und Ginstergerüche erfüllten die heiße Luft. Mari lief jetzt an einem kleinen Kanal, einer Roubine, entlang, die das Wasser der Teiche mit dem Meer verband. Sie dachte daran, dass sie nie so weise wie die Mutter werden würde. Und sie wollte auch nicht ins Gefängnis kommen wie der Vater. Sie brauchte Freiheit und frische Luft. Und wenn sie in der Schule saß, kribbelten ihr schon nach ein oder

zwei Stunden die Beine. Bisher hatte es immer Paloma gegeben, mit der sie ausreiten konnte, und das hatte Mari glücklich gemacht.
Doch jetzt hatte sie Paloma verloren.

## 2. Kapitel

Das Sonnenlicht funkelte mild, als Mari sich im Windschatten der Dünen niederkauerte. Der Strand lag grau und verlassen da. Mari kannte alle Wege, alle Mulden in den Dünen. Sie konnte mit geschlossenen Augen überall hingehen und brauchte nur mit nackten Füßen den Boden zu berühren, um zu wissen, wo sie war. Nun wartete sie, geduldig und kaum außer Atem im Sand sitzend, die Arme um die Knie geschlungen. Das Salz brannte auf ihren Lidern und Lippen, das Rauschen von Wind und Meer dröhnte ihr in den Ohren.

Die Weide befand sich auf der anderen Seite des Kanals. Bei Trockenheit war das Wasser nicht tief und die Pferde taten, was sie wollten: Weil sie die Nähe des Meeres liebten, überquerten sie immer wieder den Kanal und liefen zum Strand. Nach einer Weile holten die Gardians sie ein, trieben sie auf die Weide zurück. Auch diesmal wartete Mari nicht umsonst. Unvermittelt durchbrach ein dumpfes Pochen die Stille. Einen Vogelschwarm aufwirbelnd, sprengte eine Gruppe von Pferden aus dem Buschwerk. Mit fliegender Mähne galoppierten sie über den

Strand. Am Ufer verlangsamten sie ihren Schritt, wateten durch die Pfützen oder trabten, ihren Schweif schwingend, im Kreis herum. Einige warfen den Kopf zurück und wieherten; es hörte sich wie ein tiefes Lachen an. Ein Füllen stand am Rand eines Tümpels, der sein Spiegelbild zurückwarf. Maris Herz klopfte wild. Paloma! Sie war nicht gedrungen, wie Camargue-Pferde es oft sind, sondern schlank und hochgewachsen. Ihr Hals war in anmutiger Linie gebogen, ihre Beine erstaunlich feingliedrig. Ihre dichte, lange Mähne fiel weit über die großen, dunkel glänzenden Augen. Der Schweif war so lang, dass er fast den Boden berührte. Und weil das weiße Pferd fast bläulich schimmerte, hatte Mari der Stute den Namen »Paloma« – Taube – gegeben. Das Tier hatte es in sich. Mari gehorchte es zwar wie ein Pony, aber sobald sich ihm ein Fremder näherte, schlugen seine Hufe wie Keulen durch die Luft. Einmal hatte ihm ein Viehhüter die Kandare anlegen wollen. Paloma hatte nach seinem Handgelenk geschnappt, die Pulsader nur um Haaresbreite verfehlt.

Auch jetzt hielt Paloma sich abseits; ihr Spiegelbild leuchtete im blauen Tümpel. Es war, als bewegten sich zwei Tiere – eines in der Luft und eines im Wasser – in vollkommenem Gleichklang miteinander. Ein Lächeln flog über Maris finsteres Gesicht. Sie richtete sich vorsichtig auf, steckte zwei Finger zwischen die Lippen und stieß einen schrillen Pfiff aus, der wie der Ruf eines Vogels klang. Sofort hob die Stute den Kopf, schüttelte die Mähne, spitzte die Ohren. Mari pfiff ein zweites Mal. Dieser zweite Ton war kurz und deutlich, doch ohne Schärfe. Palomas linker Vorderhuf scharrte im Sand. Dann setzte sie sich in Bewegung, trabte in die Richtung, aus der das Geräusch gekommen war. Leicht und anmutig bewegte sich der Schimmel auf das Mädchen zu. Die Mähne und der Schweif wehten und flatterten in der Luft. Mari vergewisserte sich mit einem Blick, dass kein Viehhüter in der Nähe war, bevor sie durch den lockeren Sand lief. Sie hatte einen Klumpen Salz mitgebracht, den sie Paloma entgegenhielt. Die Stute war jetzt so nahe, dass Mari die Wimpern ihrer dunklen Augen sehen konnte. Als sie das Salz von Maris flacher Hand leckte, fühlten sich ihre Lippen weich wie Samt an. An ihren Nüstern perlten kleine Tropfen. Als Paloma mit dem Salz fertig war, rieb sie ihre Wange an Maris Hand, beschnupperte ihr Haar. Mari legte die Hand auf den Rücken des Tieres, sah, wie das weiße Fell erschauderte. Sie sprach zu dem Schimmel, so leise, dass sie sich selbst kaum hörte.

»Paloma! Du fehlst mir so! Und ich will nicht, dass andere dich reiten. Wenn wir doch irgendwohin gehen könnten, wo uns niemand findet! Aber ich hab kein Geld und ich muss zur Schule . . .«

Paloma schien ihre Traurigkeit zu spüren. Sie beugte den Hals, um mit ihren Nüstern Maris Wange zu berühren. Das Mädchen presste sich enger an das Pferd. Dicke, heiße Tränen füllten ihre Augen.

»Wenn wir wirklich wollten. Ja, wenn . . .«

Nein, unmöglich! Sie musste sich diese Idee aus dem Kopf schlagen. Mari blinzelte, warf ihr Haar aus der Stirn. Die Versuchung, Paloma zu reiten, nahm zu, bis sie an nichts anderes mehr denken konnte. Weit und breit war kein Viehhüter in Sicht. In der Nähe lag ein gefällter Baumstamm, vom Salzwasser gebleicht und ausgewaschen. Mari trat auf den Baumstamm, krallte sich in der Mähne des Pferdes fest. Der Schimmel wartete, wie er es immer tat, bis das Mädchen auf seinem Rücken saß. Tiefer, gleichmäßiger Atem hob und senkte Palomas Flanken. Ihr Rücken war breit, federnd und warm. Ruhig und langsam setzte sie sich in Bewegung. Bei jedem Schritt fühlte Mari das mächtige Spiel ihrer Muskeln. Sie lehnte sich weit nach vorn, streichelte Palomas Hals, sprach leise in das wippende Ohr des Pferdes.

»Du möchtest auch gern galoppieren, nicht wahr? Aber wir müssen vorsichtig sein. Du gehörst mir nicht mehr, verstehst du? Du gehörst diesem blöden Kerl. Ich weiß, das ist schwer zu ertragen. Aber es ist nun mal so ...«
Paloma schüttelte den Kopf, drängte vorwärts. Mari biss sich hart auf die Lippen. Nur eine Bewegung und sie würden im Flug dahinstürmen. Wie der Blitz, wie der Sturmwind, wie der Wildbach. Mit einem Mal vergaß Mari jede Vorsicht. Ein Schwindelgefühl erfasste sie, der Boden schien unter ihr wegzugleiten. Sie beugte sich tiefer über die Mähne des Schimmels, stieß dicht an seinem Ohr einen langen, spitzen Schrei aus. Da sprang das Pferd mit einem Satz vorwärts, trug Mari in pfeilschnellem Galopp über den Strand.
Welch ein Ritt! Mari erschien er als der schönste ihres Lebens. Sie umklammerte Palomas warme Flanken mit den Beinen, krallte sich an der Mähne fest. Ohne Zaumzeug oder Sattel fing sie jeden Sprung mit einer geschickten Gegenbewegung ab. Mari hatte sich nie überlegt, wie sie das fertigbrachte, es war einfach eine Sache, die sie konnte. Mari dachte nicht mehr daran, vorsichtig zu sein; sie gab sich völlig diesem herrlichen Gefühl hin: Es war, als hätte sie Flügel. Sie warf den Kopf zurück, ließ sich tragen, wohin das

Tier wollte. Der Himmel leuchtete türkisblau, sie war ganz von Luft und Licht umgeben.
Doch auf einmal mischte sich ein anderes Geräusch in das Trommeln der Hufe. Mari schreckte aus ihrem Wachtraum auf, warf einen Blick über ihren Rücken. Sie sah, dass sich etwas Braunes bewegte. Einen Augenblick zuvor war noch nichts da gewesen, doch jetzt zeichneten sich drei Reiter scharf gegen den Himmel ab. Die Viehhüter hatten das Verschwinden der Pferde entdeckt und ritten schnell zum Strand, um die Tiere einzufangen. Nun hatten sie die Reiterin bemerkt, schwenkten ihre Dreizackgabeln und schrien ihr Worte zu, die der Wind davontrug. Schon kamen sie von den Dünen herabgejagt. Sandwolken stoben auf. Lähmender Schrecken fuhr Mari in die Glieder. Das, was sie machte, war verboten. Die Viehhüter würden sie einfangen, der Polizei übergeben. Womöglich musste sie eine Buße bezahlen. Oder sie kam ins Gefängnis, wie ihr Vater.
Was nun? Angst schnürte Mari die Kehle zu. Sie klammerte sich fester an Paloma. Ihre einzige Hoffnung war, so viel Vorsprung zu gewinnen, dass sie von dem Rücken des Pferdes springen und im Unterholz verschwinden konnte, bevor sie eingeholt wurde. Sie legte sich flach über Palomas Mähne. Die Stute sprang schnell und

wild. Sie liebte es zu rennen, raste über den Strand, mit fliegender Mähne und der Nase im Wind. Es war, als berührten ihre Hufe kaum den Boden. Die Guardians hatten sich an die Verfolgung gemacht. Doch als Mari sich umsah, erkannte sie, dass ihr Vorsprung wuchs. Die Viehhüter holten nicht auf, weil sie erwachsene Männer waren, deren Gewicht für die Pferde schwer zu tragen war.

Aber plötzlich flog in einiger Entfernung eine Wildente auf und aus den Augenwinkeln sah Mari zwei andere Gardians von einem Dünenkamm vor ihr herunterpreschen. Wenn sie ihnen auswich, würde sie ihren Vorsprung verlieren. Doch das war jetzt nicht zu vermeiden. Keuchend riss Mari den Schimmel herum. Palomas blitzschnelle Wendung warf sie fast zu Boden, doch sie hielt sich auf dem Pferd. Der einzig mögliche Ausweg führte über eine Stierweide ganz in der Nähe. Es gab noch Gutsbesitzer, die vom Ertrag ihrer Viehherden lebten. Die schwarzen Stiere mit den säbelförmigen Hörnern wurden zum Stierkampf gebraucht. Den Tieren geschah dabei kein Leid, denn es handelte sich um ein reines Geschicklichkeitsspiel, bei dem weiß gekleidete Männer ein rotes Band zwischen den Hörnern der Stiere lösten und dafür eine Belohnung in Geld erhielten. Dieses

Spiel war in der Camargue sehr beliebt. Mari wusste, dass die Stiere nur angriffen, wenn sie gereizt wurden. Ein galoppierendes Pferd jedoch würde sie mit Sicherheit erschrecken. Trotzdem hatte Mari vor den Stieren weniger Angst als vor den Viehhütern. Sie biss die Zähne zusammen, trieb Paloma zu höchster Geschwindigkeit an. Schon wurden die Stiere wie dunkle Felsen im Buschwerk sichtbar. Sie hatten das heransprengende Pferd gewittert. Argwöhnisch standen sie da, mit gesenktem Kopf und bebenden Flanken.

Erst im letzten Augenblick nahm Mari den hohen Zaun aus Stacheldraht wahr, der das Weidegebiet der Stiere vom offenen Strand trennte. Er war zu hoch, als dass ihn Paloma hätte nehmen können. Mit voller Kraft presste Mari ihr Knie an Palomas Flanke, riss sie von dem Hindernis weg. Im Bruchteil eines Atemzuges, als sie den Zaun schon fast berührten, legte Mari sich zur Seite, wendete das Pferd, jagte ganz dicht am Stacheldraht entlang. Schweiß bedeckte ihr Gesicht. Im Hitzegeflimmer des Küstenstreifens holten sie ihre Verfolger schnell ein, sie waren schon ganz nahe. Vor ihr lag das Meer, blau und bewegt, mit glitzernden Wogenkämmen.

Plötzlich kam Mari der rettende Gedanke. Das

Meer, ja! Die Reiter mit ihren Ledersätteln, ihren schweren Kleidern würden ihr nicht in die Wellen folgen. Sie presste ihre Fersen in Palomas Flanken. Von seinem Schatten begleitet, flog das Pferd dem Wasser entgegen. Am Meer standen einige verkrüppelte Bäume, von Salz und Sonne verbrannt. Ein paar rosa Flamingos, die in den Pfützen nach Garnelen fischten, erhoben sich wie rosa Blumen in die Luft. Im vollen Galopp erreichte Paloma die Wellen. Ein mächtiger Sprung schien die Stute vom Boden loszulösen. Sekundenlang glaubte Mari zu schweben. Sie spürte die Kälte, als Paloma in die wirbelnde Flut tauchte. Ein Rauschen erfüllte ihre Ohren, ein gurgelndes Gewicht drückte sie unter Wasser. Sie klammerte sich mit aller Kraft an der Stute fest. Schäumende dunkelblaue Wellen schlugen über ihr zusammen.

# 3. Kapitel

Eine Sekunde später tauchten Pferd und Reiterin aus dem Wasser. Mari richtete sich auf, ohne die Mähne loszulassen. Keuchend schnappte sie nach Luft, während Paloma mit kräftigen Stößen durch die Wellen schwamm. Erst als sie wieder zu Atem gekommen war, wandte Mari den Kopf.

Ihre Verfolger hatten am Wasserrand angehalten, trabten im Kreis, schwenkten wütend ihre Dreizackgabeln. Zur Sicherheit der Sommergäste war die Viehweide mit Stacheldraht abgesperrt, nur der schmale Küstenstreifen war zum Meer hin offen. Ein Lächeln erschien auf Maris Lippen. Geschafft! Wollten die Gardians die Stute einfangen, mussten sie erst einen großen Umweg zurücklegen.

Zufrieden lenkte sie den Schimmel auf den Strand zu. Endlich fassten ihre Füße wieder Grund. Einige kurze Sprünge brachten ihn ans Ufer, das er triefend erklomm. Auf dem Sand bildeten die Hufspuren der Stiere ein verworrenes Muster. Der rissige Boden glitzerte vor Salzkristallen. Mari ließ sich zu Boden gleiten.

Ihre nassen Kleider klebten am Körper. Schüttelfrost überlief sie. Sie war ihre Verfolger losgeworden, durfte sich jedoch nicht länger hier aufhalten. Irgendwie würde es den Viehhütern wohl gelingen das Pferd wieder einzufangen. Sie streichelte Paloma, drückte kurz ihr Gesicht an ihren bebenden Hals.

»Ruh dich gut aus, Paloma. Aber nimm dich vor den Stieren in Acht! Wir sehen uns wieder. Bald, ich versprech's dir!«

Rasch wandte sie sich ab, verschwand lautlos in den Büschen. Auf dem sumpfigen Boden liefen die Abdrücke der Stiere kreuz und quer durcheinander. Tausende von Fliegen und Mücken tanzten in der Luft. Der Wind raschelte durch das Schilf, das hier so dicht war, dass sogar ein Erwachsener leicht darin verschwinden konnte. Von Zeit zu Zeit erblickte Mari die Stiere, die zu zweit oder zu dritt in den hohen Gräsern weideten. Sie waren riesengroß, mit mächtigen Rücken und wuchtigen Nacken. Die muskulösen Körper glänzten in tiefem Schwarz. Die blanken Hörner waren nach vorn gerichtet. Ab und zu schüttelten sie, von einer Bremse gereizt, den massiven Kopf. »Lasst mich vorbei!«, rief ihnen Mari leise zu. »Ich störe euch nicht!«

Die rot geränderten Augen der Stiere drehten sich zu ihr hin, ihre Nüstern zogen die Witterung ein, doch Mari huschte vorbei wie ein

Schatten im Unterholz. Auf einmal vernahm sie den leichten Aufschlag eines Ruders. Der künstliche Entwässerungskanal führte mitten durch die Weide. Fast geräuschlos bahnte sich Mari einen Weg durch das Schilf, bis der Kanal an einer lichten Stelle sichtbar wurde. Ein Boot glitt auf dem Wasser dahin. Eine alte Frau in Gummistiefeln bewegte es im Stehen mit einer langen Stange. Sie trug eine Hose, mit einem Bindfaden an der Taille gebunden, und ein Männerhemd, von der Sonne ausgebleicht. Ihr kurz geschnittenes Haar schimmerte grau. Die braun gebrannte Haut war runzelig, doch die Form ihres Gesichtes verriet, dass sie einmal eine schöne Frau gewesen war. Mari stieß einen Seufzer der Erleichterung aus. Sie kannte die alte Sandra, seit sie auf der Welt war. Sandra war die Einzige, die noch eine Verdine hatte – einen Wohnwagen, der früher von Pferden gezogen worden war. Natürlich hatte sie kein Pferd mehr und der Wohnwagen fiel in sich zusammen. Doch abgesehen davon, dass sie nicht mehr auf Wanderschaft war, hatte sich Sandras Lebensweise seit ihrer Jugend kaum verändert. Sie ernährte sich von Gemüse, das sie in einem winzigen Garten züchtete, von Fischen und Krebsen. Als Mari aus den Binsen trat, erblickte die alte Frau das Mädchen und zog die Stirn kraus.

»Kind, was tust du hier? Die Stiere sind gefährlich.«

»Aumales Viehhüter suchen nach mir«, rief Mari ihr leise zu. »Ich musste mich verstecken.«

Sandra schnalzte mit der Zunge.

»Komm!«

Sie drehte das Boot leise seitwärts, steuerte es mit der Stange dem Ufer entgegen. Mari glitt die Böschung hinunter, watete durch das Wasser, das ihr bis an die Schenkel reichte. Sandra legte die Stange quer über das schmale Boot. Dann stemmte sie die Füße rechts und links auf dem Bootsrand auf, damit es im Gleichgewicht war, und streckte ihre Hand aus. Mari packte diese Hand, die klein und doch so kräftig war. Das Boot schwankte, als Sandra das Mädchen hineinzog. Doch Mari war leicht und bewegte sich geschickt; das Wasser beruhigte sich sofort und das Boot hörte auf zu zittern. Sandra bückte sich nach der Stange und stieß sich ab. Das Wasser gluckste leise, als das Boot durch das Schilf trieb.

Mari kauerte sich auf die schmale Bank. Neben ihren Füßen stand ein kleiner Korb, unter dessen halb geöffnetem Deckel einige Krebse zu sehen waren. Mari wusste genau, wie die alte Sandra Krebse fing: Sie steckte die Zweige eines bestimmten Strauches mit den Blättern nach unten ins Wasser. Einen Tag später, wenn sie sie wie-

der herauszog, hingen Krebse daran wie Trauben an einer Weinrebe.
Die Frau beobachtete Mari. Sie hatte seltsame Augen, hell und golden wie die eines Schäferhundes. Mari fand diese Augen sehr schön.
»Du bist ja ganz nass«, bemerkte Sandra. Ihre Stimme hatte einen rauen, dunklen Ton, sie klang fast wie die eines Mannes.
»Ich war im Meer.«
»Mit den Kleidern?«
Mari erzählte Sandra, was passiert war. Sandra nickte vor sich hin.
»Was du tust, ist gefährlich. Aber Aumale hätte dir den Schimmel nicht nehmen dürfen. Ein schönes Pferd soll dem gehören, der es am meisten liebt. Dann entfaltet sich seine Kraft. Eine Kraft, die nicht verloren gehen darf.«
Mari knetete verstört die Hände.
»Am liebsten möchte ich Paloma stehlen!«
»Früher hättest du das tun können«, sagte die alte Frau gelassen. »Heute geht es nicht mehr.«
Sie verstummte, stakte mit ihrer langen Stange gleichmäßig weiter. Die Sonne sank und mit Beginn des Abends kam ein kühler Wind auf. Man hörte ihn in den Binsen zischeln. Mari verschränkte fröstelnd die Arme. Sandra brach das Schweigen, indem sie auf eine Decke deutete.

»Du erkältest dich ja. Zieh dich lieber aus, damit deine Kleider trocknen.«
Mari zerrte sich ihre triefenden Sachen vom Leib, auch die Unterwäsche, und wickelte sich in die Decke, die nach Fisch roch. Der Himmel färbte sich rot; Fledermäuse huschten über die goldglitzernden Binsen. Am Ende einer Schneise, die durch das Schilf lief, wurde eine kleine Halbinsel sichtbar. Sandra wendete das Boot, ließ es auf das Ufer zugleiten. Sie stieg in ihren Gummistiefeln ins Wasser, zog ihr Boot halb aufs Trockene. Dann nahm sie ihren Korb, warf sich Maris nasse Kleider über den Arm und erklomm die Böschung. Mari stapfte hinter ihr her, in ihre Decke gehüllt. Das feuchte Haar ringelte sich auf ihren nackten Schultern.
Die etwas erhöhte Insel bestand aus Sandbänken, Schilf und zähem Buschwerk. Vor Jahren, als die Insel noch mit dem Festland verbunden gewesen war, hatte Sandra ihre Verdine unter einen Baum gestellt. Manchmal, wenn es lange regnete, stieg das Hochwasser bis zu den morschen Rädern. Die Verdine hatte ein Ofenrohr, das aus dem Dach kam, sodass Sandra im Winter den Wohnwagen heizen konnte. Im Sommer bestand ihr Herd aus zwei Backsteinen, auf denen ein Kochtopf stand. Er hatte genau die richtige Höhe, damit Kleinholz daruntergelegt werden konnte.

Mari kletterte hinter Sandra die drei Stufen hinauf. Das Gefährt schaukelte wie ein Schiff auf See, aber Sandra schien das nichts auszumachen. Sie bewegte sich geschickt in der Dunkelheit, zündete eine kleine Petroleumlampe an. Es roch nach eingeschlossener Luft, Zimt und Bienenhonig. Maris Augen wanderten staunend umher. Der Wohnwagen war viel schöner eingerichtet als der ihrer Mutter. Auf dem Boden lagen Teppiche, in der Bettnische bunte Kissen. Der kleine Tisch war mit Perlmutt eingelegt. Ein alter Samowar glänzte im flackernden Licht. Während Mari sich umschaute, wühlte Sandra in einer Truhe und brachte ein paar Kleider zum Vorschein, die sie Mari hinwarf.

»Da! Du bist ja fast so groß wie ich.«

Mari kicherte. Stimmt, dachte sie. Die alte Sandra war kaum einen Kopf größer als sie selbst. Sie zog den verwaschenen Schlüpfer an, die abgenutzten Hosen, die alte Bluse. Zum Schluss nahm Sandra ein Paar blaue Wollsocken aus der Truhe.

»Selbst gestrickt. Von mir!«

Dann machte sie sich am Samowar zu schaffen. Mari sah interessiert zu. Bald wallte das Wasser auf, der Samowar summte. Sandra goss den Tee in kleine, durchsichtig schimmernde Tassen. »Wie schön die sind!«, flüsterte Mari. Sie wagte kaum, aus der Tasse zu trinken, aus Angst sie zu zerbrechen. Die alte Frau saß im Schneidersitz in ihrer Bettnische.

»Wir Alten wussten noch zu leben. Die Jungen haben kaum noch Sinn für diese Dinge. Schade! Deine Mutter ist eine gute Frau, sie hat heilende Hände. Aber sie hat die Peitsche von den Raben getrennt.«

Mari schwieg.

»Verstehst du das nicht?«, fragte die alte Frau.

»Doch«, flüsterte Mari.

Die Peitsche stellte die Kraft dar, der Rabe die Weisheit. Sandra wollte damit sagen, dass Lola das Gesetz der Sippe gebrochen hatte. Sie nickte Mari zu.

»Unsere Gesetze sind hart, aber sie dienen nur dem Wohl der Gemeinschaft. Auch ein Gatscho muss sie anerkennen.«

Mari schluckte.

»Ich habe oft darüber nachgedacht.«

»Über deinen Vater?«

»Auch über meine Mutter. Sag, bist du ihr böse?«

Sandra schüttelte den Kopf.

»Nein, ich nicht. Aber sie hat unserem Volk geschadet.«

Mari schlug die Augen nieder. Dass ihr Vater hinter Gittern saß, brachte die Boumians in Verruf. Gerüchte kamen schnell in Umlauf: Da er Franzose war, hieß es, die Zigeuner hätten ihn verdorben. Das Gegenteil war der Fall, aber die Behörden wollten das nicht einsehen.

Sandra sprach weiter: »Unsere Alten hatten deinen Vater gewarnt. Er ist auf die schiefe Bahn gekommen, weil er über ihre Weisheit nur gelacht hat. Auch der Wille deiner Mutter war nicht stark genug, um ihn vor Schaden zu bewahren. Männer lassen sich von Tränen nicht beeindrucken. Sie brauchen eine starke Hand, die sie führt.«

»Werde ich stark sein?«, fragte Mari.

Sandras plötzliches Lächeln war warm und hell wie ein Sonnenstrahl.

»Das bist du jetzt schon, Kind.«

Mari fühlte sich getröstet. Sie trank mit Behagen den süßen, heißen Tee.

»Großmutter, wie war das Leben, als du noch jung warst?« Mari war nicht mit Sandra verwandt, aber bei dem »Fahrenden Volk« werden alle älteren Menschen Großmutter oder Großvater genannt.

Das Lächeln blieb auf Sandras Gesicht.

»Unser Leben war frei und herrlich. Wir zogen von Kirmes zu Kirmes, von Markt zu Markt. Jeder Tag brachte etwas Neues zum Entdecken. Wir wanderten im Rhythmus der Landstraße und nicht im Lärm der Motoren.«

Sie zog eine kleine Grimasse und seufzte.
»Diese Zeiten sind vorbei. Träume nicht zu viel davon.«
Ein kurzes Schweigen folgte. Mari nagte an ihrer Unterlippe. Schließlich sagte sie: »Ich träume oft, dass ich Paloma reite. Wir fliegen über die Wolken, aber der Himmel ist schwarz. Was soll das bedeuten, Großmutter?«
»Komm, setz dich zu mir!«, entgegnete die alte Frau. Mari stellte behutsam die Tasse auf den Tisch und tat, was sie sagte. Sandra nahm ihre beiden Hände, hielt sie fest. Ihre eigenen Hände waren kräftig und warm. Sandras Gesicht wirkte ausdruckslos, aber die Stellung ihres Kopfes war wachsam wie bei einem Vogel.
Auf einmal wurde ihr Atem stockend und rau. Sie sprach, die Augen ins Leere gerichtet. Ihre Pupillen glänzten im trüben fahlgelben Lampenlicht.
»Ich sehe ein Pferd, das im Kreis läuft. Immer im Kreis. In der Mitte steht ein Mann. Alles ist finster, aber die Sonne leuchtet. Das hat etwas mit dir zu tun.«
Der verschwommene Ausdruck wich aus ihrem Gesicht. Auf einmal ließ sie Maris Hand los – vielmehr warf sie sie in die Luft, als ließe sie einen Vogel fliegen. Mari starrte sie an.
»Großmutter, was hast du gesagt?«

Die alte Frau schien aus einem Traum zu erwachen.
»Ich habe nichts gesagt. Es ist deine Hand, die gesprochen hat. Du wirst dem Mann begegnen, der den Kreis gezogen hat. Er wird dir helfen.«
Mari fühlte einen Schauer, tief in der Gegend des Herzens. Keine Furcht, nein, sondern Erregung.
»Wo ist er?«
»Er wird kommen. Bald! Zum Fest der heiligen Sara.«
Maris Atem flog.
»Aber wie finde ich ihn?«
Sandra näherte Mari ihr Gesicht, kniff ein wenig die Augen zusammen. Mari sah das dünne Faltennetz auf ihrer Haut, den überraschend seidigen Schimmer ihres grauen Haares.
»Suche die Sonne, die um Mitternacht scheint. Du wirst den Mann erkennen. Tu alles, was er dir sagt. Er wird dich in den Kreis führen. Dort wirst du reiten, frei wie der Wind.«
»Immer im Kreis?«, fragte Mari fassungslos.
Sandra lächelte. Ihre Zähne waren weiß und schön wie die einer ganz jungen Frau. Sie streckte die Hand aus, berührte zärtlich Maris erhitzte Wange.
»Der Kreis ist wie der Himmel, er hat weder Anfang noch Ende.«

# 4. Kapitel

Bis Mari sich endlich auf den Weg zu ihrem Wohnwagen machte, war es schon spät. Die ersten Sterne blinkten am Himmel, als sie die Stufen erklomm und die Tür aufstieß. Lola hatte Reisschleim gekocht. Sie hielt die kleine Deborah auf ihrem Schoß und fütterte sie. Deborahs lang bewimperte Augen glänzten im Licht. Sie trug ein Kleidchen aus geblümter Baumwolle und nichts darunter. Als Mari in den Wohnwagen kam, strampelte Deborah vor Vergnügen. Doch die Mutter machte ein ernstes Gesicht.

»So spät?«, fragte sie. »Und wie du aussiehst! Wer hat dir denn diese Sachen gegeben?«

»Sandra. Ich bringe sie ihr wieder zurück. Die Socken darf ich behalten.«

»Was hast du denn wieder angestellt?«, seufzte Lola.

Mari log ihre Mutter nie an; auch diesmal erzählte sie die Wahrheit. Lolas empfindsame Lider zuckten. Ihre Stimme wurde rau.

»Mari, du hast versprochen, es nie mehr zu tun. Das Pferd gehört jetzt Marcel Aumale, das musst du doch einsehen. Wenn du erwischt wirst, kann das schlimme Folgen haben.«

»Komme ich dann ins Gefängnis?«
Lola seufzte.
»Aumale könnte behaupten, dass ich keine gute Mutter für dich bin. Wir riskieren, dass die Behörden sich einschalten. Haben wir nicht schon Sorgen genug?«
Mari ballte die Fäuste.
»Paloma lässt sich nur von mir reiten!«
»Das ist kein Grund zur Freude«, sagte Lola bitter. »Die Stute wird darunter zu leiden haben.«
Mari biss sich auf die Lippen. Ihre Mutter hatte wohl recht. Deborah kreischte, streckte fröhlich die Arme aus. Sie wollte von Mari gefüttert werden. Mari lächelte und nahm das Kind auf die Knie. Sie presste das Gesichtchen der Kleinen an sich, als wollte sie den Geruch der Haut in sich aufnehmen. Dann nahm sie den Löffel und fütterte das Kind. Doch ihre Gedanken waren unentwegt bei Paloma.
In dieser Nacht lag Mari lange wach. Der Sommermond schien grell und golden durch das Fenster. Sie hörte die Grillen zirpen und manchmal stieß eine Eule ihren sanften Ruf aus. Schließlich schlief sie doch ein und träumte, wie sie auf Paloma im Kreis ritt. Rundherum war alles in Schwarz getaucht. Der Kreis jedoch war lichterfüllt, golden und wunderschön. In der Mitte stand der Mann, von dem Sandra gespro-

chen hatte. Er war schwarz gekleidet und wirkte wie ein großer Uhrzeiger, der sie lenkte. Doch sie konnte sein Gesicht nicht sehen.
Es verwirrte Mari, dass dieser Traum völlig Sandras Beschreibung entsprach, aber seltsamerweise gab es ihr auch neuen Mut.
Am nächsten Morgen ging sie mit leerem Magen zur Schule. Die Mutter wartete auf die Sozialhilfe und hatte kaum noch Geld. Ein paar Tage lang lebten sie nur von Trockenreis, Brot und Wasser. Die Milch bekam Deborah. In den Geschäften konnte Lola nichts anschreiben lassen. Einer Zigeunerin gewährte man keinen Kredit. Es hatte schon Augenblicke gegeben, da Mari vor lauter Hunger in Mülltonnen gewühlt hatte.
Einige Tage später jedoch hatte sie Glück. Grinna, die Korbmacherin, sah, wie Mari auf dem Schulweg an einer Brotkruste kaute. Sie behielt jeden Bissen so lange im Mund, um den sauren Geschmack voll auszukosten. Grinna rief Mari zu sich in den Wohnwagen, gab ihr eine Schnitte gutes Brot mit kaltem Fleisch und eine Tasse Milch dazu.
»Arme Kleine!«, brummte sie. »Den ganzen Tag mit leerem Magen in der Schule! Wie sollst du dabei lernen und groß werden?«
Mari bedankte sich, verschlang Brot und Fleisch

mit Heißhunger und leerte die Tasse in einem Zug, ohne Atem zu schöpfen. Glücklich und gestärkt verließ sie den Wohnwagen.
Der Schulweg war lang, aber Mari machte das nichts aus. Selbst im Winter, in Dunkelheit und bei klirrender Kälte, legte sie täglich diese Strecke zurück. Frau Morand, die Lehrerin, hatte Erfahrung mit Kindern verschiedener Herkunft und achtete auf Disziplin. So konnte sie im Unterricht für Ruhe sorgen, aber in der Pause waren die Spiele wild und lärmend. Die größeren oder gleichaltrigen Jungen benahmen sich oft brutal. Mari begann zwar niemals eine Rauferei, aber sie ließ sich auch nichts gefallen. Sie hatte keine Angst vor Prügeleien und war selbstbewusst in ihrem Auftreten. Mädchen, die sich duckten, konnte sie nicht ausstehen. Schwächere Kinder nahm sie immer in Schutz, was ihr viel Respekt verschaffte.
Sie war nie eine begeisterte Schülerin gewesen und in letzter Zeit war sie noch weniger bei der Sache als sonst. Manchmal saß sie während der ganzen Schulstunde über ihrem Heft, ohne dass etwas dabei herauskam. Der Gedanke an Paloma ließ sie nicht los. Seit ihrem unfreiwilligen Bad im Meer waren ein paar Tage vergangen. Mari fühlte sich immer unbehaglicher; sie hatte das quälende Gefühl, dass etwas Schlimmes

passiert war. Darum entschied sie sich, etwas zu tun, um ihre Unruhe loszuwerden.
Zwei Tage später war Sonntag. Schulfrei. Mari erzählte der Mutter nicht, dass sie zu ihrem Pferd wollte, und Lola stellte keine Fragen. Sie war daran gewöhnt, dass Mari den ganzen Tag allein herumstreifte. Zigeunerkinder sind sehr selbstständig. Und weil sie unter dem Schutz der Gemeinschaft stehen, machen sich die Eltern auch wenig Sorgen um sie. Lola war von der Sippe ausgestoßen, aber ihre Kinder ließ man diese Missachtung nicht spüren.
An diesem Tag blies der Mistral, der stürmische Südwind, mit aller Kraft. Das Städtchen Les-Saintes-Maries war ganz in wirbelndes Licht getaucht. Brausend fegte der Wind durch die von Autos und Motorrädern vollgestopften Gassen. Mari hustete und spuckte. Ihre Augen tränten, ihre Nase lief und im Mund hatte sie Sandkörner, die zwischen den Zähnen knirschten. Die meisten Häuser des Ortes waren ein- oder zweistöckig, aber ständig wurden neue Wohnviertel gebaut. Die Straßen, von Geschäften und überfüllten Cafés gesäumt, schienen alle in die gleiche Richtung zu führen: zur Kathedrale und zum Damm mit seiner massiven Zementfläche. Während sie über den Strand stapfte, kämpfte Mari gegen den Wind, um nicht umgeweht zu

werden. Das Rauschen der großen Wellen erstickte jedes Geräusch. Möwen glitten über das Meer, blinkend im Sonnenlicht.
Mari lief bis zu den Dünen, hockte sich dort eine Weile hin, um Atem zu schöpfen. Der Wind kam nicht bis in die Senke auf dieser Seite der Dünen. Er wehte über Mari hinweg, bog das trockene Gras zur Seite, fegte abgerissene Blätter und Staubfahnen durch die Luft. Maris Ohren waren ganz heiß, das Meersalz brannte auf ihren Lippen. Doch sie liebte den Wind, sie fand ihn schön.
Nach einer Weile machte sie sich wieder auf den Weg. Es war bereits Nachmittag, als sie die Weide erreichte. Der Mistral hatte nachgelassen. Die Pferde hielten sich im Windschatten auf, in der Nähe der Teiche. Das Wasser drang unter ihren Hufen hervor, befleckte die Tiere mit schlammigen Spritzern. Zwei Viehhüter bewachten die Herde. Sie trugen die Tracht der Gardians: enge Hosen, buntes Hemd, einen Hut mit breiter Krempe. Sie hatten ein dreieckig gefaltetes Tuch um den Hals, zum Schutz vor den Insekten. Mari fiel auf, dass sie Sporen trugen. Sie runzelte wütend die Brauen. Nur Marcel Aumales Viehhüter trugen Sporen; die Gardians anderer Gutshöfe verachteten so etwas. Durch die trockenen Sträucher schlich sie sich näher heran.

Ihre Augen schweiften nach allen Seiten, auf der Suche nach Paloma. Doch die Stute war nicht bei der Herde. Maris Unruhe wuchs, während das Meer lärmend gegen den harten Sand brandete. Wo mochte ihr Schimmel bloß sein? Die Gardians konnte sie nicht fragen; sie würden das Mädchen ärgerlich zurechtweisen. Mari schluckte würgend. Vielleicht hatte ein Kampfstier die Stute angegriffen? Vielleicht war sie verletzt oder verstümmelt? Mari wurde vor Angst fast schlecht.

Da trug der Wind ein Geräusch heran, so schwach, dass es das Rauschen des Blutes in ihren Ohren hätte sein können. Sie hielt die Luft an und lauschte. Ihr Herz schlug stürmisch. Instinktiv wusste sie: In der Ferne wieherte ein Pferd! Das Wiehern kam von der anderen Seite der Landstraße, wo sich Marcel Aumales Gutshof befand. Die Entfernung war groß, aber der Wind, der aus dieser Richtung kam, trug die Geräusche weit über die Ebene. Mari zögerte, doch nur ein paar Augenblicke lang. Schon kletterte sie den Hang hinunter, lief über den Sand zurück, in dem noch ihre Fußabdrücke zu sehen waren. Als sie die Landstraße überquerte, erfasste sie der Wind mit voller Wucht. Der Himmel war fast grau, ein paar halb im Sand versunkene Sträucher bogen sich im Wind; nirgends gab es Schatten. Mari schwankte unter den Windstößen. Ihre Haut juckte, ihre Kehle war ganz ausgetrocknet. Sie atmete nur in kurzen Stößen. Jenseits der Straße standen Wacholderbüsche. Dahinter schaukelten Schirmpinien wie große dunkle Fächer im Wind. Das aufdringliche Rosa eines Hauses leuchtete wie Zuckerguss durch das Laub. Vorsichtig näherte sich Mari dem Gutshof. Das braune Ziegeldach war nach Süden gerichtet. Unter einem mit Binsen gedeckten Schutzdach standen zwei staubige Geländewagen. Ein sandiger Pfad führte zu einem schmiedeeisernen Tor. Dahinter lag ein Hof, mit Platten ausgelegt.

Während das Mädchen unschlüssig vor dem Tor stand, hallte erneut das zornige Wiehern durch die Stille. Maris Herz tat einen Sprung. Paloma! Rasch und geduckt lief sie die Mauer entlang. Sie hörte einen Hund bellen, achtete jedoch nicht darauf. Hunde machten ihr keine Angst und außerdem war das Tor ja geschlossen. Wieder ertönte das Wiehern; ein Mann rief mit erboster Stimme ein paar Worte. Maris Zähne gruben sich in die Unterlippe. Lautlos schlich sie weiter, vorbei an den vergitterten Fenstern. Hinter dem Haus lag eine Koppel mit einigen Stallungen und einem Anbauschuppen. Ein Zaun aus großen weißen Stangen schloss das

Gelände nach allen Seiten ab. Hier war die Erde locker und weich, gut für das Zureiten der Tiere geeignet.
Mari duckte sich tiefer zwischen die Büsche. In der Mitte des Hofes standen zwei Männer und ein Junge. Sie hatten die Augen auf Paloma gerichtet, die mit wehender Mähne im Kreis herumjagte. Ihre geblähten Nüstern zogen die Luft ein, die verdrehten Augen ließen das rötliche Adernetz sehen. Einer der Männer, Gaston, war der Baile, der Oberaufseher auf dem Gut. Gaston war ein älterer Mann mit weißem Haar, dessen Gesichtshaut wie poliertes Leder glänzte. Mari kannte ihn gut und wusste, dass sein schroffes Aussehen ein weiches Herz verbarg. Sie hatte sich schon oft gefragt, warum ein Mann wie er für Marcel Aumale arbeitete. Der Junge neben ihm war Paulo, einer der Hilfshüter. Er hielt Paloma an der Leine, ließ sie jedoch laufen, während Gaston sie intensiv beobachtete. Der dritte Mann musste Marcel Aumale selbst sein. Mari sah ihn zum ersten Mal. Er war ein Stadtmensch, gedrungen und wohlgenährt, mit einem hübschen, nichtssagenden Gesicht. Er trug perfekt geschnittene Reithosen, ein Polohemd mit dem Zeichen einer bekannten Modefirma und Stiefel mit Sporen. In der Hand hielt er eine Peitsche.

## 5. Kapitel

»Das Pferd ist jung und störrisch«, hörte Mari den alten Gaston sagen. »Wir werden es nur mit Geduld zähmen.«

»Gehorsam kann man lernen«, gab Marcel Aumale schroff zurück. »Je früher man damit beginnt, desto besser. Das gilt für zweibeinige Wesen ebenso wie für Vierbeiner.«

Marcel Aumales Antwort trieb Mari das Blut in die Wangen. Gaston äußerte sich nicht dazu.

»Das Seil kennt es schon«, meinte er. »Aber es wurde bisher ohne Sattel und Mundstück geritten.«

»Es wird sich daran gewöhnen müssen«, erwiderte der Besitzer. »Sobald es erkannt hat, dass der Reiter sein Meister ist, ist es fertig zum Reiten.«

»So einfach ist das nicht«, brummte Gaston. »Die Stute ist scheu.«

Marcel Aumale schlug mit dem Peitschenstiel in seine Handfläche. Der Schlag erzeugte einen kleinen Knall. »Sie wird schon parieren. Das Zaumzeug, los!«

Mari hätte aufspringen wollen und schreien: »Ich habe Paloma schon tausendmal geritten. Die Stute tut alles, was ich will! Aber Zaumzeug und Sattel erträgt sie nicht.« Sie hob die Faust zum Mund, biss sich vor lauter Verzweiflung in die Finger.

Während Paulo das Pferd an der Leine hielt, ging Gaston langsam auf Paloma zu. Die Stute zitterte, ihre Nüstern klebten vor Schaum. Plötzlich sprang sie mit allen vier Beinen auf einmal in die Höhe, drehte sich wütend um ihre eigene Achse. Paulo konnte das Seil nicht halten. Er wurde mitgerissen und landete in einem hohen Bogen im Sand.

»Immer schön ruhig!«, murmelte Gaston.

Er packte die am Boden schleifende Leine und hielt sie mit aller Kraft fest, während Paulo sich wieder aufrappelte und ihm kleinlaut zu Hilfe kam. Paloma bäumte sich auf. Ihre Hufe schlugen durch die Luft. Dann fiel sie so schwer auf die Vorderhufe zurück, dass die Erde bebte.

»Die Stute ist sehr empfindlich, Monsieur Aumale«, keuchte Gaston.

Der Besitzer knallte mit der Peitsche.

»Unsinn! Sie ist bloß schrecklich verzogen. Aber wir werden sie schon drillen.«

»Wir sollten ihr mehr Zeit geben. Das ist eine gute Methode, die beste, glaube ich.«

»Zeit ist Geld«, entgegnete Aumale trocken. »Und Pferde lernen dadurch, dass sie geritten werden.«

Gaston machte ein mürrisches Gesicht. Er ging mit dem Zaumzeug auf das Pferd zu. Paloma wandte blitzschnell den Kopf; ihre Zähne schnappten knapp vor Gastons Handgelenk in die Luft. Doch der alte Mann blieb gelassen und sprach sanft zu dem Pferd, was die Stute zu beruhigen schien. Paloma war klug genug, um zu wissen, dass es sinnlos war, sich gegen die Schlinge um ihren Hals zu wehren. Gaston war erfahren in seinem Beruf und wusste, was zu tun war. Er presste eine Hand auf die Nüstern des Pferdes. Paloma öffnete das Maul. Mit ein paar raschen, geschickten Bewegungen legte ihr Gaston Mundstück und Zaumzeug an.

»Du wirst schon merken, dass es dir nicht schadet«, meinte er gutmütig.

Paloma biss auf dem Gebissstück herum und versuchte vergeblich, es auszuspucken. Das Zaumzeug war ihr verhasst. Gelber Schaum tropfte aus ihrem Maul. Während Paulo die bebende Stute hielt, kam Gaston mit Satteldecke und Sattel an der Leine entlang an sie heran. Er rieb ihr mit der Hand den Rücken, legte ihr die Satteldecke auf. Dann folgte der Sattel. Sofort bäumte Paloma sich auf und es kostete Gaston einige Mühe, die Gurte zu befestigen. Aber er sprach dabei freundlich zu dem Tier, sodass es sich unwillkürlich entspannte. Dann nahm er

die Zügel und wollte sich in den Sattel schwingen. Doch der Besitzer kam ihm zuvor.
»Ich werde sie reiten.«
Gaston warf ihm einen prüfenden Blick zu und seufzte.
»Ich an Ihrer Stelle würde das nicht tun, Monsieur. Das Pferd wird bocken.«
Aumale verzog höhnisch die Lippen.
»Mir gefallen bockige Pferde.«
Gastons Gesicht war ohne jeden Ausdruck.
»Wie Sie wollen, Monsieur.«
Paulo hielt die Steigbügel, um ihm beim Aufsteigen zu helfen.
»Beiseite!«, brummte der Gutsherr.
Paulo öffnete den Mund, doch Gaston schüttelte unmerklich den Kopf. Wortlos trat Paulo zurück. Gaston hielt das Pferd, während Marcel Aumale den Fuß in den Steigbügel setzte und in den Sattel stieg. Paloma erstarrte. Ihre Gelenke wurden steif, ihre Muskeln stahlhart. Marcel Aumale setzte sich bequem zurecht, packte die Zügel.
»Weg da!«
Beide Gardians traten zurück. Im selben Augenblick brach die Stute heftig aus, schüttelte den Kopf und bockte. Ihre Nüstern zitterten, ein Schauer nach dem anderen überlief ihr nasses Fell. Sie hatte die Lippen über die Zähne hoch-

gezogen, ihr gesenkter Kopf schwang hin und her, ihre Vorderbeine waren weit gespreizt. Doch Aumale war kein schlechter Reiter und ließ sich nicht abwerfen. Zornig versuchte Paloma, den Kopf herabzuducken, um richtig bocken zu können, aber Aumale hielt die Zügel straff. In derselben Sekunde jedoch, da er die Zügel etwas lockerte, begann Paloma, durch den Hof zu springen. Wutentbrannt über den Fremden, der sich auf ihrem Rücken festklammerte, wechselte Paloma unentwegt den Schritt. Sie versuchte, ihren Reiter abzustreifen, raste so nahe am Zaun vorbei, dass Mari ihren beißenden Schweißgeruch spürte. Immer wieder rammte der Gutsherr seine Sporen in die Flanken des Pferdes. Dazu hob er die Peitsche, schlug über Palomas Nüstern, dass sie vor Schmerz schnaubte. Auf diese Weise gelang es ihm, das Pferd in die Mitte des Hofes zu treiben. Jedes Mal, wenn er die Stiefel in die weiche Stelle zwischen Vorderbeinen und Rippen drückte, drangen die Sporen tief in Palomas Fleisch. Mari sah Blutflecken auf ihrem weißen Fell. Erbarmungslos schwang Aumale die Peitsche, traf immer wieder die wunden Flanken des Tieres. Ohne Unterlass suchte er eine neue, unverletzte Stelle, um den Widerstand des Pferdes zu brechen und seine Kraft zu erschöpfen.

In rasendem Tempo galoppierte Paloma im Kreis. Mähne und Schweif peitschten durch die Luft, ihr Wiehern wurde schrill wie Trompetenstöße. Auf einmal blieb die Stute wie angewurzelt stehen. Sie kickte beide Hinterbeine hoch in die Luft, sodass es aussah, als würde sie sich überschlagen. Der Gutsherr, der eine Sekunde lang aus dem Gleichgewicht geworfen war, lockerte seine Knie. Er wurde hochgeworfen, flog kopfüber durch die Luft und landete mit einem dumpfen Aufschrei auf dem Boden. Zitternd, mit irrem Blick stand die Stute da. Ihre blutverschmierten Flanken hoben und senkten sich stoßweise. Sie schüttelte den Kopf, ihre Hufe scharrten im Sand. Taumelnd und staubbedeckt kam Marcel Aumale auf die Füße, hielt sich den Arm mit schmerzverzerrtem Gesicht. Gaston und Paulo liefen auf ihn zu, stützten ihn. Gaston betastete mit geübten Fingern den verletzten Arm, bewegte ihn vorsichtig hin und her.

»Nichts gebrochen«, sagte er beruhigend. »Sie haben Glück gehabt, Monsieur.«

»Verfluchter Gaul!«, zischte der Gutsherr. »Der Teufel soll ihn holen!«

Gaston verzog keine Miene.

»Ich habe Sie gewarnt, Monsieur.«

Doch der Zorn des Besitzers ließ nicht nach.

»Jetzt ist endgültig Schluss! Fangt diese verrückte Bestie ein. Paulo, mein Gewehr! Aber sofort!«

»Nein!«, schrie Mari. Das Rauschen der Blätter erstickte ihre Stimme. Doch ein Wunder geschah: Als Gaston und Paulo sich dem Tier nähern wollten, sammelte die Stute ihre letzten Kräfte. In ihren Augen glomm ein rötlicher Funke. Ihr schweres Röcheln wurde zu einer Art Fauchen. Sie setzte zum Galopp an, jagte auf die Männer zu, die in letzter Sekunde auf die Seite sprangen. Hass und Furcht verliehen Paloma erstaunliche Kräfte. Mit hämmernden Hufen raste sie dem Zaun entgegen, zog die Beine ein und schnellte empor. Ein wilder, entfesselter Satz brachte sie über das Hindernis. Schon sprengte sie durch das Buschwerk, unter den niedrigen Ästen hindurch. Ohne seinen Galopp zu mäßigen, jagte das Pferd mit Sattel und Zaumzeug den Pfad in Richtung Meer hinab, verschwand hinter den Bäumen. Das Trommeln der Hufe entfernte sich. Dann trat Stille ein; nur noch die hohen Pinien rauschten im Wind.

Die Männer standen wie erstarrt, bis Gaston verblüfft das Schweigen brach.

»Ich an Ihrer Stelle, Monsieur, würde mich freuen über das Pferd. Ich habe noch nie erlebt, dass ein Camargue-Pferd einen solchen Sprung geschafft hat.«

Mari wartete nicht auf die Antwort des Gutsbesitzers. Atemlos kroch sie auf Händen und Knien durch die Büsche. Als sie sicher war, dass sie niemand mehr sehen konnte, sprang sie auf die Füße und rannte davon.

# 6. Kapitel

Es wurde Abend und bald brach die Nacht herein. Der Wind hatte sich gelegt, aber Staubteilchen hingen noch in der Luft und die Sterne schimmerten hinter einem Dunstvorhang. Später ging der Mond auf, wie ein rosafarbener Teller. Geisterhaftes Licht fiel auf das dunkle Gestade.

Seit Stunden wanderte Mari durch die Sümpfe, wobei sie immer wieder ihre kurzen, schrillen Pfiffe ausstieß. Sie wusste, dass die scheinbar weithin übersichtliche Ebene voller Verstecke und Unterschlupfe war, wo sich Menschen und Tiere verbergen konnten. Eine Zeit lang war sie den Spuren der Stute gefolgt. Palomas Schritt war schwerfällig: Sattel und Zaumzeug belasteten sie. Dann hatte der Schimmel die Fährte der Herde gekreuzt und Mari hatte seine Spur verloren.

Doch sie gab ihre Suche nicht auf. Sie überließ es dem Zufall und hoffte darauf, dass es ihr mithilfe ihres Instinkts gelingen würde, Paloma aufzuspüren. Jede Stunde zählte. Sobald es tagte, würden die Gardians das entlaufene Pferd finden und in die Enge treiben. An Schlaf dachte Mari nicht und sie war auch nicht besonders hungrig. Sie kannte die Körner, die zwischen den Zähnen knacken, und die kleinen Beeren, die Finger und Zunge blau färben. Im fahlen Mondlicht fand sie einige. Etwas später entdeckte sie eine Quelle, die unter den Steinen hervorsprudelte. Sie kniete nieder, trank gierig aus der hohlen Hand. Doch das Wasser schmeckte nach Salz und Erde, ihr drehte sich fast der Magen um. Sie fühlte sich zerschlagen und betäubt, war den Tränen nahe. Irgendwann kam ihr die Mutter in den Sinn, die sich sicher fragen würde, wo sie blieb. Doch es war schon manchmal vorgekommen, dass Mari bei anderen Leuten übernachtete, und so verschwendete sie nicht allzu viele Gedanken an Lola.

Langsam veränderte sich der Nachthimmel; schon ging der Mond unter, das Quaken der Frösche verstummte. Der erste Schein der Dämmerung brach aus dem Osten über das Meer. Maris Haut fühlte sich verklebt an, sie fror bis in die Knochen. Auf der Weide sah sie die hellen Körper der Pferde am Boden ruhen. Pferde konnten im Stehen schlafen, aber sie legten sich lieber hin. Sie rührten sich kaum, als das Mädchen an ihnen vorbeischlich. In diesen frühen Stunden vor Tagesanbruch hielt die Natur den

Atem an. Kein Flügelschlag war im Dickicht zu hören, kein Zweig rührte sich.
Immer wieder spitzte Mari die Lippen, stieß ihren lockenden Pfiff aus. Er hörte sich nicht menschlich an, eher wie der Ruf eines Vogels. Plötzlich ertönte aus dem Schilf das Schnauben eines Pferdes. Maris Herz klopfte hart gegen ihre Rippen. Im fahlen Dämmerlicht versuchte sie, durch das Buschwerk zu spähen. Sie befand sich ganz in der Nähe der Stierweide. Mari pfiff noch einmal, lauter jetzt. Da – schon wieder das Schnauben! Ein Pferdehuf schlug an einen Stein. Das Meer war hier ganz nahe.
Zwischen stacheligen Büschen stapfte Mari den Dünenkamm empor. Als sie oben war, stockte ihr der Atem: Am Saum des Meeres, das dunkelblau war wie Stahl, stand ganz ruhig das weiße Pferd und ließ die Ohren spielen. Mari hatte es so eilig, zu Paloma zu kommen, dass sie sich einfach fallen ließ und wie eine Kugel den Sand hinunterrollte. Keuchend kam sie wieder auf die Beine, lief über den Strand. Einen Augenblick stampfte Paloma zögernd, wiegte ihren Körper unschlüssig vor und zurück. Dann erkannte sie das Mädchen, trabte ihr mit fliegender Mähne entgegen. Mari warf beide Arme um ihren Hals. Paloma zitterte; ihr Fell roch nach Algen, Sand und scharfem Schweiß. Sie rieb ihre

Wange an Maris Gesicht, ihr Atem streifte das klebrige Haar des Mädchens.

»Endlich . . .«, flüsterte Mari. »Endlich habe ich dich gefunden!« Behutsam nahm sie Paloma das Mundstück aus dem Maul, streifte die Zügel über ihre Mähne, ließ das Zaumzeug zu Boden fallen.

»So . . . Jetzt fühlst du dich besser, was?«

Paloma wieherte sanft; es klang wie eine Zustimmung.

Nun hakte Mari auch die Sattelgurte auf, befreite das Pferd von dem Sattel und der schweißklammen Decke. Dann lehnte sie sich an die Stute und fragte sich zum ersten Mal: Was nun? Sie streichelte den Hals des Pferdes, das ab und zu zärtlich das Maul an ihrer Schulter rieb. Wie konnte sich Mari gegen Marcel Aumale wehren? Paloma durfte nicht bei ihm bleiben, auf keinen Fall! Mari überlegte fieberhaft. In Sète, unweit der Grenze zu Spanien, lebte ein Cousin ihrer Mutter. In seiner Jugend hatte Folco als Trapezkünstler gearbeitet. Er hatte sich mehrmals die Knochen gebrochen und lebte jetzt von der Sozialhilfe. Er wusste, wie man mit Pferden umging. Bei ihm wäre Paloma in Sicherheit. Man würde ihn auch nicht fragen, woher er das Tier hatte. Wenn wir sofort reiten, dachte Mari, schaffen wir die Strecke in zwei Stunden.

Doch was sollte mit dem Sattel geschehen? Er war aus gutem Leder und trug Aumales Abzeichen. Plötzlich hatte Mari eine Idee. Sie streifte ihre Turnschuhe ab, zog ihre Jeans aus und ging mit Sattel und Zaumzeug ins Meer. Als ihr der Schaum an die Schenkel schlug, warf sie beides ins Wasser. Ein paar Minuten lang schaukelte der Sattel in den dunklen Wellen. Dann trug ihn die Strömung fort, der offenen See entgegen. Mari watete an den Strand. Fröstelnd zog sie ihre Jeans wieder an. Gerade als sie ihre nassen Füße in die Turnschuhe zwängte, durchbrach ein krachendes Geräusch die Stille. Ein klagendes Muhen stieg aus dem Dickicht, gefolgt von dem erstickten Blöken eines Kalbes. Paloma bewegte nervös die Ohren. Mit der Spitze ihrer Nägel kraulte Mari leicht und zärtlich über Palomas Stirn.

»Warte . . . ich bin gleich wieder da!«

Das verzweifelte Muhen ging ihr durch Mark und Bein. Hastig drängte sie sich durch die Sträucher. Bald gelangte sie zu einer breiten Fährte niedergetretener Halme; die Kampfstiere hatten sich hier einen Weg durchs Dickicht gebahnt. Doch die Hilferufe kamen nicht von einem Stier, sondern von einer Kuh, die aufgeregt mit den Hörnern stieß. Vorsichtig schob sich Mari weiter vor. Im roten Morgenlicht sah sie,

was geschehen war. Ein Kalb, nicht älter als ein paar Tage, war mit den Vorderbeinen in ein Erdloch gebrochen, das sich unter den Wurzeln eines abgestorbenen Baumes verbarg. Vor ihm lief die Kuh hilflos auf und ab, ihre Vorderfüße stampften den Boden. Als Mari plötzlich vor ihr stand, senkte sie den Kopf, warf ihr einen feuchten Blick zu, als wollte sie sagen: »Hilf mir!«
»Lass mich vorbei!«, sagte Mari leise.
Noch einmal scharrten die Hufe der Kuh, dann muhte sie klagend und wich zurück. Mari hörte das Krachen und Splittern der dünnen Äste. Behutsam trat sie an den Rand der Grube, spähte in das dunkle Loch hinab. Das jämmerlich blökende Kalb schaffte es nicht, aus eigener Kraft heraufzuklettern. Mari war fast sicher, dass die Gardians das verunglückte Tier ohnehin bald entdecken und befreien würden. Aber ihr Kinderherz war beunruhigt. Sie konnte es nicht ertragen, ein Tier in Bedrängnis zu sehen, und der Schmerz der Kuh tat ihr weh.
»Nur ruhig«, rief sie dem Kälbchen halblaut zu. »Ich hol dich da raus.«
Kühe und Stiere lebten zwar halbwild, waren jedoch den Menschen nicht feindlich gesinnt. Instinktiv merkte die Kuh, dass Mari ihrem Kalb helfen wollte. So verhielt sie sich still, während Mari in die Grube kletterte. Das Loch war nicht

sehr tief, roch aber modrig und feucht. Einige große Würmer wanden sich in der lockeren Erde. Das Kalb lag halb zwischen den vermoderten Wurzeln, warf immer wieder in schmerzhaften und vergeblichen Anstrengungen den Kopf hoch.

»Sachte, sachte!«, murmelte Mari. »Du tust dir ja weh!«

Sie stützte sich auf Wurzelstränge und Steine, bis sie das Kalb zu fassen bekam.

»Bist du verletzt?«

Das Kalb zappelte und blökte, doch offenbar hatte es sich nichts gebrochen. Es war ein kleines Stierkalb, nicht viel schwerer als ein großer Hund, warm und klebrig vor Schweiß. Das Weiße seiner schreckgeweiteten Augen leuchtete wie Porzellan. Als Mari das Tier in die Arme nahm, drückte es vertrauensvoll den Kopf an ihre Schulter. Ihr tastender Fuß fand eine Stelle, auf der sie stehen konnte. Sie versuchte, das Kalb aus der Grube zu heben, doch sie merkte recht bald, wie schwierig das war: Ihre Arme waren nicht kräftig genug. Und die ruckhaften Bewegungen des ängstlichen Tiers machten ihr die Aufgabe nicht leichter.

»Halt still!«, keuchte sie. »Wir sind ja gleich oben.«

Endlich hatte sie es so weit gebracht, dass die

Vorderbeine des Stierkalbes über den Rand der Grube ragten. Doch da brach der Stein, auf dem sie stand, aus den Erdschollen und Mari rutschte ein ganzes Stück tiefer. Sie stöhnte vor Anstrengung, ihre Armmuskeln zitterten. Immer wieder versuchte sie erfolglos, das Tier aus der Grube zu heben. Doch jedes Mal, wenn sie sich bewegte, versank sie immer tiefer in der weichen, sumpfigen Erde. Ihr Atem ging rasselnd, Tränen der Erschöpfung verschleierten ihre Augen.

Plötzlich verdunkelte ein Schatten den Rand der Grube. Sie fühlte, wie sie von ihrer drückenden Last befreit wurde. Fast im selben Augenblick packten sie zwei kräftige Hände unter den Armen und zogen sie mit einem Ruck aus dem stinkenden Loch.

»Da komm ich ja gerade recht«, sagte eine gutmütige Stimme. Schwach vor Erschöpfung, voller Schrammen und blauer Flecke, starrte Mari in Gastons braun gebranntes Gesicht. Zuerst fühlte sie sich wie erlöst, aber gleich darauf geriet sie in Panik: Sie hatte kostbare Zeit vergeudet. Nun war es zu spät, um mit Paloma zu fliehen! Was würde jetzt geschehen?

## 7. Kapitel

Ermattet und außer Atem kauerte Mari neben der Grube, während Gaston das kleine Kalb behutsam auf den Boden stellte. Die schwer atmende Kuh wartete in einiger Entfernung. Das Kalb schüttelte sich, knickte ein, kam wieder auf die Beine. Es zitterte an allen Gliedern, keuchend hob und senkte es seine Flanken. Vorsichtig näherte sich die Kuh, beschnüffelte das Kalb, stieß es sanft mit dem Maul an. Dann streckte sie die Zunge heraus und begann, das Kalb zu lecken.

Gaston nickte der Kuh zufrieden zu: »Um den wäre es schade gewesen, nicht wahr, Colette?« Zu Mari sagte er: »Sie ist so alt, dass sie zum letzten Mal ein Kalb geworfen hat.«

Mari klapperte mit den Zähnen, sie brachte kein Wort heraus. Durch die Binsen sah sie, wie Paloma ein Stück weiter entfernt friedlich graste. Der erste Schein der Sonne leuchtete auf ihrem verschwitzten, blutverkrusteten Fell. Gaston begann sich in aller Ruhe eine Zigarette zu drehen.

»Du wolltest mit dem Pferd verschwinden, nicht wahr?«, brach er schließlich die Stille.

Mari war so müde, dass sie nur nicken konnte.

»Du hättest dich strafbar gemacht.«
»Aumale ist ein böser Mann«, stieß Mari hervor. »Ich habe gesehen, wie er Paloma gequält hat.«
Gaston runzelte die Stirn.
»So? Hast du dich auf dem Gut herumgetrieben?«
Mari wischte mit dem Ärmel über ihr verdrecktes Gesicht.
»Ich . . . ich habe Paloma gesucht.«
»Die habe ich gestern von der Weide geholt. Der Chef wollte sie an den Sattel gewöhnen.«
Mari ballte die Fäuste.
»Paloma ist eine Kämpferin!«
»Sie ist ein stolzes Pferd«, sagte Gaston. »Ich würde keinen Franken für ein Pferd ohne Stolz zahlen.«
Die Bemerkung freute Mari, obwohl sie es sich nicht eingestehen wollte. Sie zog geräuschvoll die Nase hoch.
»Aumale hat ihr die Sporen gegeben!«
»Von Pferden versteht er nichts, das kann man wohl sagen«, brummte Gaston. »Von Geld umso mehr. Jedem das Seine. Ich hatte ihn gewarnt: Paloma gehört zu einem einzigen, ganz bestimmten Menschen. Niemand anderer kann so ein Pferd reiten. So etwas gibt es. Aber er wollte es nicht hören.«
Gaston leckte über den Rand des Papiers, klebte

die fertige Zigarette zu und steckte sie mit einem Streichholz an, bevor er hinzufügte: »Nun, das war ihm eine Lehre.«
Maris Kehle wurde eng. Tränen traten ihr in die Augen.
»Er will Paloma erschießen!«, schluchzte sie.
»Unsinn!«, sagte Gaston. »Man erschießt kein wertvolles Tier. Nicht mal Aumale würde das tun.«
»Sind Sie ganz sicher?«, stammelte Mari.
»Da bin ich sicher.«
Mari fühlte, wie sie wieder zu Kräften kam. Ihre dunklen Augen blitzten.
»Ich will nicht, dass sie eine Gebissstange im Maul hat! Und den Sattel kann sie auch nicht ertragen. Ich hab ihn ins Meer geworfen!«
»Gott im Himmel!«, brummte Gaston. »Das meinst du doch nicht im Ernst? Und was sage ich jetzt dem Chef?«
»Das ist mir egal!«, schrie Mari. »Er ist ja reich genug!«
Gaston nickte nachdenklich.
»Na gut«, sagte er wie zu sich selbst, »ich werde behaupten, dass der Sattelgurt durchgescheuert war. Ob er mir das abkauft, ist fraglich. Aber er hat jetzt sowieso andere Dinge im Kopf. Morgen fährt er für zwei Wochen nach Marseille. Geschäftlich. Das wird ihn beruhigen.«

Maris Herz klopfte stürmisch.
»Monsieur, darf ich Paloma in dieser Zeit reiten?«
Gaston zog die Stirn kraus.
»Das solltest du besser bleiben lassen.«
Dicke, heiße Tränen rollten über Maris schmutzige Wangen. Sie ballte wortlos die Fäuste. Gaston blies einen Rauchring in die Luft. Sein Gesicht war finster wie zuvor. Mari schaute ihm in die Augen und konnte darin nichts erkennen, außer vielleicht einen winzigen Funken Schalk. »Also gut«, knurrte er. »Von Zeit zu Zeit erlaube ich es dir. Du bist ein mutiges Mädchen, das gefällt mir. Aber sobald der Chef wieder da ist, solltest du dich hier nicht mehr blicken lassen. Sonst geht es dir und mir an den Kragen.«

# 8. Kapitel

Gaston musste den anderen Viehhütern Anweisungen gegeben haben, denn Mari konnte die Weide ungehindert betreten und ihren Schimmel reiten. Die Männer benahmen sich, als sähen sie das Mädchen überhaupt nicht. Mari blieb trotzdem argwöhnisch, auch wenn sie inzwischen Vertrauen zu Gaston gefasst hatte. Sie näherte sich wie ein scheues kleines Tier, ließ sich so wenig wie möglich bei den Gardians blicken. Sie wollte weder verspottet noch ausgefragt werden. Sobald sie merkte, dass die Gardians anderweitig beschäftigt waren, schwang sie sich auf Palomas Rücken, indem sie sich flink wie eine Akrobatin an deren Mähne hochzog. Dann ritt sie im gestreckten Galopp davon: Die Weite des Strandes gehörte nur noch ihr und sie genoss es, mit Paloma in aller Ruhe die Kunststücke zu üben, die sie ihr vor langer Zeit beigebracht hatte. Es war Hochsommer, Ferienzeit. Doch das Naturschutzgebiet inmitten der großen Sümpfe blieb von dem Ansturm der Touristen weitgehend verschont. Die Vorschriften waren streng. Kampfstiere und Camargue-Pferde galten als scheu und un-

berechenbar. Die Gemeinde wollte kein Risiko eingehen.
Wenn sie nicht Paloma ritt, kümmerte sich Mari um ihre kleine Schwester, trug sie herum und erzählte ihr Geschichten. Bei der Müllhalde in der Nähe ihres Wohnwagens hatte Lola zwei kleine Kätzchen gefunden, die brutale Menschen in einem Plastiksack ausgesetzt hatten. Die abgemagerten Kätzchen waren dem Tod nah gewesen, doch als Mari ihnen etwas Milch und eingeweichtes Brot gab, erholten sie sich schnell. Lola freute sich, dass ihre Kinder mit den Kätzchen spielten. Sie erklärte Mari, dass Asthma durch Tierhaare ausgelöst werden kann. Aber wenn Kinder mit Kätzchen aufwuchsen, gewöhnten sie sich daran und entwickelten einen Schutz gegen Asthma. Mari bewunderte ihre Mutter für ihr Wissen und war traurig, dass sie ihre Gaben nicht besser einsetzen konnte. Scheu und stolz, wie sie war, behielt Lola ihren Schmerz und ihre Bitterkeit für sich, doch die Armut zehrte sichtlich an ihren Kräften. Im Sommer kam das Geld mit Verspätung: Die Behörden machten Ferien. Lola und ihre Kinder hatten keine Seife, keine Zahnpasta mehr. Deborah bekam Durchfall. Als jedoch die ersten Äpfel reiften, hob Lola Fallobst am Wegrand auf und mach-

te daraus ein Kompott, das die Krankheit heilte.
Trotz aller Widrigkeiten und Entbehrungen war Mari glücklich in dieser Zeit: sie hatte ja Paloma. Das Leben schien ihr wunderschön zu sein. Nie dachte sie darüber nach, was geschehen würde, wenn Marcel Aumale zurückkehrte. Manchmal kamen ihr wie ein fernes Echo Sandras Worte in den Sinn: »Du wirst im Kreis reiten.« Sie hatte dafür sogar den Zeitpunkt vorausgesagt: am Fest der Schwarzen Sara, der Schutzheiligen des »Fahrenden Volkes«. Das ist ja bald, überlegte Mari. Sie zählte an ihren Fingern: noch zwölf Tage! Mari bezweifelte nicht, dass an diesem Tag etwas ganz Besonderes geschehen würde. Die alte Sandra, daran glaubte Mari fest, irrte sich nie in solchen Dingen.
Im September fing die Schule wieder an. Da Mari in ihrem Wohnwagen nur einen kleinen Taschenspiegel hatte, merkte sie kaum, wie sehr sie gewachsen war. Sie war viel zu dünn für ihr Alter, mit überlangen Armen und Beinen. Für ihren schmächtigen Körperbau wirkte ihr Kopf mit dem schwarzen Wuschelhaar zu groß. Einmal rief die Lehrerin sie nach dem Unterricht zu sich und fragte in strengem Ton, ob sie magersüchtig sei. Es gebe Mädchen, sagte sie, die sich absichtlich erbrachen. Mari starrte sie verständ-

nislos an, dann lachte sie, bis ihr die Luft ausging. Die Lehrerin merkte nicht, dass Maris Lachen zu schrill, fast fiebrig und kaum noch wie das eines Kindes klang. »Ich weiß nicht, was es da zu lachen gibt«, meinte sie nur. Mari verschwieg ihr, dass sie abends vor Hunger oft nicht einschlafen konnte und dass Lola jetzt Lebensmittel von der Wohlfahrt bezog.

Ein paar Tage später ritt Mari dicht am Schilf entlang, wo die Hufspuren der Pferde und Stiere zu sehen waren. Die Luft war fast unbeweglich, die Hitze drückend. Die Farbe des Meeres war ein blasses, lebloses Blau. Palomas schwitzendes Fell klebte an Maris Schenkeln. Die Pferde, von Fliegen geplagt, standen träge in der flirrenden Luft. Selbst aus der Entfernung konnte man sehen, wie schlapp sie waren. Plötzlich kam in den Hitzeschleiern ein Reiter in Sicht, der sich rasch näherte. Mari kniff die Augen zusammen. Sie stieß einen kleinen Seufzer aus, als sie Gaston, Marcel Aumales Oberaufseher, erkannte. Obwohl Mari wusste, dass er sich oft in der Nähe aufhielt, hatte sie ihn seit Wochen nicht mehr gesehen. Ihr Instinkt sagte ihr, dass von dieser Begegnung nichts Gutes zu erwarten war.

»Wie geht es dir, Mari?«, fragte er.

Mari streichelte Palomas Hals.

»Gut, Monsieur.«
»Es ist bald Mittag«, fuhr Gaston fort. »Hast du schon gegessen?«
Mari schüttelte wortlos den Kopf.
»Komm!«, sagte Gaston.
Er ließ sich aus dem Sattel gleiten. Vertrocknetes Gebüsch bedeckte den Boden mit kargen Schatten. Gaston setzte sich und Mari kauerte sich auf den Fersen neben ihn. Gaston löste den Riemen seines Hutes. Aus seiner Tasche zog er ein Brot, dazu einen Ziegenkäse, in Zeitungspapier eingewickelt. Mari lief das Wasser im Mund zusammen. Gaston brachte ein Messer zum Vorschein, schnitt das Brot entzwei. Er reichte Mari eine dicke Schnitte, dazu ein großes Stück Käse. Mari schlang das Brot in großen Stücken hinunter. Gaston zwinkerte mit den Lidern, um den Schweiß aus den Augen zu bekommen.
»Hunger ist ein Gefühl, das ich kenne«, meinte er.
Mari nahm gierig einen Bissen.
»Da fühlt man sich ganz kalt im Bauch«, fuhr er fort. »Sogar, wenn es draußen warm ist.«
Mari nickte mit vollem Mund. Gaston holte eine Flasche aus der Tasche.
»Süßmost«, sagte er. »Ganz frisch.«
»Danke, Monsieur.«
Mari setzte die Flasche an die Lippen.

»Trink nicht zu viel davon«, knurrte Gaston. »Frischer Most macht Bauchweh.«
Eine Weile aßen und tranken sie ohne ein Wort. Dann beendete Gaston das Schweigen.
»Der Chef ist zurück.«
Mari zuckte zusammen.
»Sie haben gesagt, er ist länger weg.«
»Du hattest Glück. Zuerst wollte er nur für zwei Wochen verreisen. Dann ist er mit einem Freund nach Tunis gesegelt. Aber jetzt ist er wieder da.«
Mari presste ihre Lippen aufeinander, um zu verbergen, wie sehr sie plötzlich zitterte. Doch es gelang ihr nicht.
»Und was wird jetzt aus Paloma?«
Gaston räusperte sich.
»Es ist besser, du bleibst weg von ihr.«
Mari schüttelte wortlos, aber heftig den Kopf, dass ihre Locken nur so flogen.
Gaston nahm einen Schluck Süßmost.
»Ich sage das wirklich nicht gern. Aber es könnte Schwierigkeiten geben, für dich und auch für mich. Du darfst nicht mehr herkommen, auf keinen Fall.«
Mit einem heftigen Ruck bot Mari ihm die Stirn.
»Paloma hasst ihn.«
Gaston wischte sich mit dem Handrücken über den Mund.

»Sie wäre nicht das erste Pferd, das seinen Reiter hasst.«

Mari schluckte.

»Er hat doch genug andere Pferde.«

Der Gardian nickte. »Sicher. Und ich dachte, auf der Reise ist er erst mal abgelenkt. Aber er hat die Stute nicht vergessen. Er will sie für sich selbst. Er findet, er macht eine gute Figur auf ihr. Außerdem will er ihr heimzahlen, dass sie ihn abgeworfen hat.«

Maris Gesicht wurde eigensinnig und hart.

»Paloma will nicht, dass ein anderer sie reitet. Sie wird ihn immer wieder abwerfen!«

Gaston grübelte vor sich hin.

»Das ist ja das Problem. Deswegen habe ich dem Chef einen Vorschlag gemacht: Ich werde das Tier an Sattel und Zaumzeug gewöhnen. Aber mit Geduld und so, dass es ihm nicht schadet. Der Chef sagte: ›Mach, was du willst, Gaston. Aber wehe, wenn der Gaul mich noch mal abwirft!‹ «

»Paloma wird Ihnen vertrauen! Und beim nächsten Mal, wenn dieser Mistkerl sie auspeitscht, wird sie hilflos sein!«, rief Mari, wobei sie jedes Wort betonte.

Gaston senkte den dicken Kopf. »Das ist unvermeidlich, Mari. Aber Paloma ist ein wertvolles Tier. Der Chef soll sie nicht zu Schanden reiten.

Wenn ich sie vorbereite, wird das nicht geschehen. Das ist das Einzige, was ich für sie tun kann.«

In Maris Augen traten Tränen. Es war kein Schluchzen – es waren nur stille Tränen.

»Paloma ist mein Pferd!«, stieß sie hervor.

Gaston seufzte.

»Nein, Mari, sie ist Marcel Aumales Pferd. So liegen die Dinge nun mal – auch wenn ich mir wünschte, es wäre anders.«

Er blickte das Mädchen traurig an und versuchte, die richtigen Worte zu finden.

»Du musst verstehen, Mari, dass es nicht anders geht. Wir sind doch Freunde, nicht wahr?«

Mari schüttelte den Kopf mit einer schroffen Bewegung.

»Ich habe keine Freunde«, sagte sie kalt. »Sie sind genau wie die anderen.«

## 9. Kapitel

In dieser Nacht fand Mari keinen Schlaf. Die Dunkelheit hatte keine Abkühlung gebracht, es war sogar noch drückender geworden. Die Luft im Wohnwagen war zum Ersticken, obwohl das Fenster weit offen stand. Von draußen drang das schrille Zirpen der Grillen herein und manchmal hörte man Hunde bellen. Blechbüchsen schepperten, wenn irgendwo ein Tier in einem Abfallhaufen wühlte. Aus einem anderen Wohnwagen klangen Stimmen und Musik.

Mari lag neben Deborah, die sich neben ihr unruhig im Schlaf herumwälzte. Das Kind zahnte; Lola hatte das geschwollene Zahnfleisch mit einer Paste aus Salbei und Kamillenblüten eingerieben, die den Schmerz linderte. Sie hatte die Kleine mit einem alten Wiegenlied beruhigt, das sie leise vor sich hin summte, wobei ihre schmalen Finger den Takt dazu schlugen. Nun schlief auch die Mutter. Mari hörte ihre gepressten Atemzüge. Lola hatte Jasminzweige über ihrem Bett befestigt, die schwach dufteten. So wurde der Gestank aus der nahen Müllhalde etwas gedämpft. Die beiden kleinen Kätzchen schlummerten in ihrem Körbchen.

Mari aber weinte still, mit geschlossenen Augenlidern. Nie zuvor hatte sie das Gefühl gehabt auf so entsetzliche Weise verraten worden zu sein. Sie dachte an Paloma, ihre einzige wahre Freundin. Die Einzige, die sie niemals verletzt und niemals enttäuscht hatte. Paloma, für die sie eine solche Zärtlichkeit empfand und die ihr so viel Kraft gab. Mari konnte nicht zulassen, dass sie das Spielzeug eines solchen Scheusals wurde! Dass Gaston sie zureiten wollte, machte es fast noch schlimmer. Der Oberaufseher kannte die Pferde. Er wusste, wie man mit einem stolzen, scheuen Tier umging, wie man es an Zaumzeug und Sattel gewöhnte. Gaston hatte viel Geduld; Paloma würde Zutrauen zu ihm fassen. Er würde dem Gutsherrn ein perfekt dressiertes Pferd überlassen, das sich nicht mehr zu wehren verstand. Ein Pferd, das nicht mehr die Ohren zurücklegte und die Zähne entblößte, sobald es die Peitsche sah. Palomas Mut, ihr Feuer würden für immer verschwinden.

Mari drückte ihr Gesicht in das verschwitzte Kissen. Nein, das durfte nicht sein! Sie musste etwas unternehmen. Jetzt, sofort – sonst war es zu spät. Folco fiel ihr ein. Folco, der alte Trapezkünstler in Sète. Wenn sie sich jetzt gleich auf den Weg machte, konnte sie Paloma in Sicherheit bringen, bevor Gaston sie morgen von der Weide holte. Natürlich würde er sofort ahnen, wer für das Verschwinden des Pferdes verantwortlich war. Wenn er es Marcel Aumale sagte, würde der bestimmt die Polizei einschalten. Aber Mari hatte ihren Vater oft sagen hören: »Solange man kein Geständnis ablegt, können sie einem nichts anhängen.« Obwohl Mari nicht sicher war, ob das wirklich stimmte, klammerte sie sich an diesen Satz. Sie hatte eine Chance: Es genügte, den Mund zu halten. Und wenn es darauf ankam, war Mari verschwiegen wie ein Grab ...

Rasch kleidete sie sich im Dunkeln an. Sie durfte keine Zeit mehr verlieren. Zwischen Les-Saintes-Maries und Sète verkehrte ein Autobus. Mari hoffte, dass Onkel Folco ihr das Geld für die Rückfahrt geben konnte. Lola erwachte nicht, als Mari lautlos durch den Wohnwagen ging und behutsam die Tür hinter sich schloss. Erst draußen auf den Stufen schlüpfte sie in ihre Turnschuhe. Dann machte sie sich auf den Weg. Die Nacht war pechschwarz und viel zu ruhig. Die Sterne funkelten seltsam klar. Kein Windhauch regte sich. Maris Wangen brannten und schon bald klebte ihr Gesicht vor Schweiß! Ein Gewitter zieht auf!, dachte Mari beunruhigt. Das war schlimm, denn falls es regnete, würden Palomas Spuren in der feuchten Erde deutlich

sichtbar sein. Doch eigensinnig lief Mari weiter. Dieses Risiko musste sie in Kauf nehmen.
In Les-Saintes-Maries waren Restaurants und Cafés noch hell erleuchtet und voller Gäste. Es roch nach Abgasen, gebratenem Fisch und gerösteten Mandeln. Mari lief durch den dichten Verkehr und ließ bald die Ortsgrenze hinter sich. Ihre Augen gewöhnten sich schnell an die Dunkelheit. Über der Landstraße flimmerte der Sternenhimmel. Glühwürmchen leuchteten unter den Büschen. Grillen zirpten. Die salzige Luft war von Düften getränkt. Manchmal ertönte Motorengeräusch, Scheinwerfer glitten über Bäume und Schilf. Dann tauchte Mari rasch ins Dickicht, bevor das Licht der vorbeifahrenden Wagen sie erfassen konnte. Als Mari die großen Dünen erreichte, waren die Grillen plötzlich verstummt. Sie verlangsamte ihren Schritt, wischte sich den Schweiß von der Stirn. Gerade als sie den Weg zum Strand einschlagen wollte, vernahm ihr feines Ohr ein fernes Rumpeln. Sie drehte den Kopf in Richtung des Geräusches. Das Gewitter kam vom Meer – es würde also besonders heftig sein. Nach einer Weile brummelte der Donner stärker. Mari hatte das Gefühl, dass sich das Unwetter mit rasender Geschwindigkeit näherte. Atemlos stapfte sie die Dünen entlang, vorsichtig darauf bedacht, immer im

Schatten zu bleiben. Gerade als sie die Weide erreichte, flackerte grellgelbes Licht am Horizont auf. Das Meer wirkte plötzlich schwarz wie Pechkohle. In ihrer Aufregung begann Mari laut vor sich hin zu jammern: »Hoffentlich schaffen wir es irgendwie! Was soll bloß aus uns werden, wenn wir es nicht schaffen? Der Regen wird schrecklich stark sein . . .«

In dumpfes Grübeln versunken, lief sie weiter, mit keuchendem Atem. Dann und wann leuchtete es am Himmel schwefelgelb auf. Eine mächtige Wolkenwand schien aus dem Meer zu wachsen. Wieder grollte der Donner, jetzt schon viel näher. Mari biss sich nervös auf die Lippen.

»Mit dem Gewitter kommen hohe Wellen. Da können wir nicht hier unten auf dem Strand bleiben . . . da müssen wir über die Landstraße reiten. Schlimm, schlimm!«, murmelte sie vor sich hin.

Kein Blatt regte sich. Die Luft knisterte. Mari hörte nur das Geräusch ihres eigenen Atems; ihr Herz schlug heftig.

Endlich erblickte sie die Pferde. Sie standen dicht gedrängt, als suchten sie beieinander Schutz gegen das aufkommende Gewitter. Die Gardians waren nachts nicht da, das wusste Mari. Aber trotzdem durfte sie kein Risiko eingehen: Sie duckte sich tief im Schatten der Dünen und stieß ihren gewohnten Pfiff aus. Eine leichte Unruhe erfasste die Herde. Die Tiere bewegten sich, scharrten mit den Füßen, ließen die Ohren spielen. Mari pfiff noch einmal. Da löste sich ein Pferd aus der Herde. Paloma! Die Stute schnaubte laut, schüttelte den Kopf, bevor sie sich in Bewegung setzte und in die Richtung trabte, aus der die Pfiffe gekommen waren. Mari rührte sich nicht vom Fleck. Paloma kam tänzelnd näher, ihre Mähne hob und senkte sich im Rhythmus ihrer Schritte. Mari pfiff abermals, leicht und lockend. Als Paloma den Schatten der Dünen erreichte, senkte sie den Kopf und ließ ein zufriedenes Schnauben hören. Mari sah ihre leuchtenden Augen. Rasch lief sie auf den Schimmel zu, umfasste mit beiden Händen die warme, struppige Mähne. Sie zog sich an dem Pferdekörper hoch. Paloma hielt geduldig still, bis das Mädchen auf ihrem Rücken saß.

»Los!«, flüsterte sie.

Paloma setzte sich in Trab. Maris Herz schlug vor Aufregung und Angst. Sie wollte am Strand und in den Sümpfen bleiben, solange es das kommende Unwetter zuließ. Bald rollte der Donner unaufhörlich. Violette Blitze fegten über das Meer, Wolken verdeckten die Sterne. Nach jedem Aufflackern wirkte der Strand für einen Moment lang fast so dunkel wie das Wasser. Die Luft geriet in Bewegung, die Wellen gluckten und schaukelten. Es roch nach Salz, Tang und Meer.

Da – wieder ein greller Blitz. Für den Bruchteil einer Sekunde leuchtete Palomas Körper auf, als sei er aus Silber. Ein dumpfer Donnerschlag folgte. Die ersten dicken Regentropfen fielen. Mit dem Rauschen der Binsen kamen tausend kleine Geräusche, die die Reiterin umkreisten. Die See bewegte sich langsam und mächtig. Der Wind brauste in schweren Stößen daher. Die Luft war durchtränkt von der Kühle des Wassers. Das weiße Netz der Blitze überzog den Himmel. Die Wellen begannen zu brodeln. Schaumzungen leckten über den Strand, bis zu den Hufen des trabenden Pferdes. Die Wolken flogen tief; Regenmassen rissen kleine Sturzbäche in den Sand, prasselten heftig auf Maris Rücken. Nun erfasste sie der Wind mit voller Wucht.

Mari beugte sich über den Hals der Stute. Es kam tatsächlich so, wie sie es befürchtet hatte: Am Strand konnte sie nicht bleiben, die Wellen brausten zu stark. Sie musste hinauf zur Straße! Sie presste ihre Fersen in Palomas Flanken, lenkte sie den Hang hinauf, in das Dickicht. Der Wind spülte den Regen in Kaskaden von den

Bäumen. Nasse Zweige hingen herab, die Binsen wurden über den Boden gepeitscht. Schlamm spritzte unter Palomas Hufen auf. Mari, bis auf die Knochen durchnässt, duckte sich, um sich vor den niedrigen Zweigen zu schützen. Die Blitze tauchten die Landschaft in ein geisterhaftes Licht, alle Bäume ächzten und knarrten. Mari kam es vor, als bewegte sich die ganze Welt. Immer wieder wischte sie sich das Wasser aus dem Gesicht. Sie hatte völlig die Orientierung verloren.

Da – was war denn das? Vor ihr brannte starkes weißes Licht. Es war ein scharf umrissenes Leuchten, wie Sonnenglut hoch über den Bäumen. Mari war verzaubert – aber weder erschrocken noch erstaunt. »Die Sonne um Mitternacht . . .«, schoss es ihr durch den Kopf. »Die Sonne, von der Sandra gesprochen hat . . .«

Weiter konnte sie nicht denken: Ein gewaltiger Windstoß fegte durch die Baumkronen. Ein Splittern und Knacken erfüllte das Unterholz. Paloma wieherte, brach aus. Mari verlor das Gleichgewicht. Zweige und Blätter und Äste fielen wie ein Netz auf sie herab. Ein schwerer Gegenstand schlug gegen ihren Hinterkopf. Berstendes Krachen. Vor ihren Augen explodierte eine Funkengarbe. Mari war, als würde ihr

Schädel gespalten. Der warme Pferdekörper glitt unter ihr weg. Sie fiel aus großer Höhe in tiefe, richtungslose Dunkelheit.

## 10. Kapitel

Mari öffnete die Augen, bewegte sich und stöhnte. Sie hatte keine Ahnung, wo sie war. Ihr Kopf fühlte sich seltsam geschwollen an; der Schmerz pochte überall in ihm. Der Wind heulte, Regen trommelte auf das Dach. Mari lag auf einem flachen Lager und war mit einer Wolldecke zugedeckt. Ihre Pupillen folgten dem leichten Schaukeln der Glühbirne. Die hing über ihr an einem Kabel, das mit Papierblumen umwickelt war.

Nach einer Weile hörte Mari ein Geräusch. Ein Hauch von Rosenduft wehte zu ihr herüber und ein Schatten schob sich vor das Licht. Sie blinzelte und sah eine Fee. Mari starrte die Erscheinung kurz an, schloss die Augen und dachte: Ich träume! Doch als sie erneut hinsah, war die Fee nicht verschwunden, sondern lächelte sie an. Unwillkürlich lächelte Mari zurück. Die junge Frau hatte langes schwarzes Haar, das in der Mitte gescheitelt war. Ihre Haut war bernsteinfarben. Dunkle, lange Wimpern umrahmten die blauen Augen und ihre Lippen leuchteten in einem tiefen Rot. Sie legte einen kalten Umschlag auf Maris Stirn.

»Besser?«

Ihre Stimme klang sanft und melodisch. Mari verzog das Gesicht. Sie wollte sprechen, doch die Frau kam ihr zuvor.
»Ein Ast ist von einem Baum gebrochen und hat dir einen Schlag versetzt. Tut es noch weh?«
Mari wollte nicht, dass die Fee sie für wehleidig hielt.
»Es geht.«
»Es ist weiter nicht schlimm. Du wirst bald wieder in Ordnung sein.«
Die Frau erhob sich. Ihr Schatten huschte an der Wand entlang. An der Art, wie der Boden des Raumes vibrierte, merkte Mari, dass sie sich in einem fahrenden Wohnwagen befand. Schon war die Frau wieder da, setzte Mari ein Gefäß an den Mund. Sie trank, immer noch benommen. Es war eine lauwarme, nach Zitrone schmeckende Flüssigkeit. Die Frau, die Mari immer noch wie eine gute Fee aus dem Märchen vorkam, hielt behutsam ihren Kopf. Sie trug schwarze Reithosen und eine blaue Bluse, genau in der Farbe ihrer Augen. Um ihren Hals baumelten kleine Goldkettchen, die im Licht funkelten.
Der Schmerz in Maris Kopf war immer noch da, aber die Medizin tat bald ihre Wirkung. Mari fühlte sich müde und entspannt. Doch ihre Neugierde war stärker als ihr Bedürfnis nach Schlaf.

»Wo bin ich?«, wollte sie wissen.
»Beim ›Sonnen-Zirkus‹ «, antwortete die junge Frau. »Wir spielen in Les-Saintes-Maries, zum Fest der Schwarzen Sara.«
Mari runzelte die Brauen.
»Warum heißt der Zirkus so?«
Die junge Frau lachte. Ihr Lachen klang wie kleine Glöckchen.
»Weil bei uns die Sonne nachts scheint. Sobald wir die Scheinwerfer anschalten.«
In Maris Augen blitzte es auf.
»Sandra hat das alles gewusst.«
»Wer ist Sandra?«
»Eine alte Frau. Sie hat in meine Hand geschaut.«
»Ich verstehe«, sagte die junge Frau.
Doch Maris Blick glitt staunend an ihr vorbei. Jetzt erst sah sie, dass alle Wände im Wohnwagen mit Fotos bedeckt waren. Ausschließlich Pferde waren darauf zu sehen: Pferde auf der Weide, in der Manege, beim Training oder während der Vorstellung. Schlagartig kam ihre volle Erinnerung zurück. Ein leiser Schrei entfuhr ihr.
»Wo ist Paloma?«
»Dein Pferd? Keine Sorge! Es hat zu fressen bekommen und ist gut untergebracht.«
Mari versuchte, sich aufzurichten. Die junge Frau legte ihr die Hand auf die Schulter.

»Sei ruhig, du darfst keine heftigen Bewegungen machen. Deine Stute ist ein prachtvolles Tier und wunderbar klug. Stell dir vor, im Gewitter war unser Requisitenwagen liegen geblieben. Wir mussten anhalten, den Schaden beheben. Plötzlich brach ein Pferd aus den Büschen. Es gab uns genau zu verstehen, dass wir ihm folgen sollten. Wir fanden dich unter einem Stoß abgebrochener Zweige. Bewusstlos. Wir dachten, dass du vielleicht . . .«

Sie biss sich auf die Lippen.

»Aber jetzt siehst du schon viel besser aus.«

»Paloma ist das klügste Pferd der Welt«, sagte Mari stolz.

»Das glaube ich auch«, meinte die junge Frau. »Sag, wie heißt du?«

Mari nannte ihren Namen.

»Ich heiße Fanny«, sagte die junge Frau.

Mari schloss kurz die Augen und öffnete sie wieder.

»Das ist ein schöner Name.«

Fanny streichelte Maris verklebtes Haar.

»Schlaf jetzt. Schlaf! Das wird dir guttun.«

Maris Lider waren schwer wie Blei. Sie lächelte Fanny an, schloss die Augen und schlief sofort ein.

## 11. Kapitel

Als sie erwachte, schien hell die Morgensonne. Mari rieb sich die Augen und gähnte. Der Schmerz war fast gänzlich verklungen. Sie betastete ihre Kopfhaut, spürte eine dicke Beule und eine Kruste, die sich gebildet hatte. Von draußen erklangen Stimmen und Geräusche: das Surren eines Generators, das Anspringen eines Motors, das Klappern von Pferdehufen. Mari schob behutsam die Beine aus dem Bett, griff nach ihren Sachen, die inzwischen getrocknet waren und die Fanny für sie bereitgelegt hatte.

Gerade faltete sie die Decke zusammen, als die Tür aufging und ein Mann den Wohnwagen betrat. Er war so groß, dass er sich bücken musste, um durch die Tür zu kommen. Seine Haut war tiefbraun, das Haar schwarz und kraus. Er trug enge Jeans mit einer auffallenden Gürtelschnalle, eine speckige Lederjacke mit Fransen. Ein kleiner goldener Ring baumelte am linken Ohrläppchen. Mari starrte ihn an. Sie wusste nicht, ob er alt oder jung, schön oder hässlich war. Aber sie misstraute ihm nicht. Er nickte ihr zu.

»Guten Morgen. Ich bin Lukas.« Seine Stimme

war tief und kehlig. »Noch Schmerzen?«, fügte er hinzu.

Mari seufzte glücklich auf.

»Vorbei!«

»Hunger?«, fragte Lukas.

Mari fuhr sich mit der Zunge über die trockenen Lippen und nickte. Er stapfte durch den Wohnwagen. In einer Ecke gab es eine Kochnische mit Herd, Kühlschrank und Spüle. Zwei Bänke standen um einen großen, festgeschraubten Tisch.

Trotz seiner Größe bewegte sich Lukas flink und behände. Er steckte die Gasflamme an, setzte den Kessel für Kaffeewasser auf. Dann holte er eine Dose Pulverkaffee aus dem Schrank, dazu eine Tüte Zwieback, die er Mari hinwarf. Sie fing die Tüte geschickt auf. Sofort lief ihr das Wasser im Mund zusammen.

»Du hast ein schönes Pferd«, sagte er unvermittelt.

Maris Kehle wurde eng. Statt ihm zu antworten, deutete sie auf die Fotos an der Wand.

»Sind das Ihre Pferde?«

»Man könnte es so sagen, ja. Aber in Wirklichkeit gehören sie sich selbst. Ich arbeite nur mit Tieren, denen es Spaß macht. Angepasste Pferde sind wie angepasste Menschen. Heimtückisch.«

Er goss Kaffee ein, trat zu ihr und reichte ihr die Tasse, wobei er ihr in die Augen sah. Mari wurde rot. Ihm konnte sie nichts vormachen, das begriff sie sofort. Sie senkte schuldbewusst den Kopf.

»Paloma ist nicht mein Pferd«, flüsterte sie.

Er hob die dichten Brauen.

»Nein?«

In diesem Augenblick kam Fanny in den Wohnwagen. Sie trug jetzt Stiefel und ihr Haar war mit einer blauen Schleife am Hinterkopf hochgesteckt.

»Gut geschlafen?«, fragte sie heiter. »Lass mal deine Wunde sehen!«

Mari warf ihre Haare nach vorn. Fanny untersuchte die Verletzung behutsam und mit feinfühligen Händen.

»Kein Problem! Morgen wirst du nichts mehr spüren.« Sie deutete auf Lukas, der am Tisch lehnte.

»Er hat den Zirkus gegründet.«

Mari blinzelte.

»Ist das dein Mann?«

Sie lachten beide und Lukas sagte: »Sozusagen.«

Mari schlürfte ihren Kaffee und stopfte sich Zwieback in den Mund. Lukas ließ sie nicht aus den Augen.

»So, Kleine, jetzt erzähl mal«, sagte er, als ihre Tasse leer war.
Mari zuckte zusammen. Es war, als ob das Sonnenlicht sich plötzlich verdüsterte. Ihre Augen füllten sich mit Tränen. Stockend begann sie zu sprechen. Sie erzählte von ihrem Vater, der sie verlassen hatte, von der Mutter, die Menschen und Tiere pflegte und von den Alten in der Sippe verstoßen worden war. Sie sprach von Paloma, ihrer einzigen Freundin, mit der sie am Strand entlangritt und Kunststücke übte, und von Marcel Aumale.
Lukas und Fanny hörten aufmerksam zu. Zuerst wusste Mari in ihrer Aufregung nicht recht, wie sie das alles erklären konnte. Aber schließlich sprudelten die Worte nur so aus ihr heraus, und als sie zu Ende war – als sie nämlich sagen musste, dass Paloma jetzt dem Gutsherrn gehörte –, stürzten ihr die Tränen über das Gesicht. Eine Weile herrschte Stille, bis Lukas mit seiner tiefen Stimme das Schweigen brach.
»Die Pferde sind unsere Freunde. Aber man findet nur selten einen Menschen, der ein Pferd wert ist.«
Mari zog geräuschvoll die Nase hoch.
»Monsieur, helfen Sie mir! Können Sie mir nicht helfen?«

Lukas' dunkles Gesicht war völlig ausdruckslos.
»Tja, mal sehen«, meinte er.
Fanny sah zu ihm hoch, bevor sie tröstend Maris Schultern umfasste.
»Lukas kennt viele Tricks, weißt du. Du musst jetzt nicht mehr weinen. Vielleicht ist nicht alles so hoffnungslos verloren, wie es dir jetzt erscheint. Heute Abend spielen wir. Willst du dir nicht die Vorstellung ansehen?«
Maris Augen wurden plötzlich groß und leuchtend. Sie konnte vor Freude kaum sprechen. Doch plötzlich rief sie flehend: »Oh, bitte, darf meine Mutter auch kommen? Mein Großvater war auch beim Zirkus. Meine Mutter redet nicht viel darüber, aber sie liebt den Zirkus über alles, das weiß ich genau. Nur haben wir nie das Geld gehabt, um in die Vorstellung zu gehen.«
Beide lächelten jetzt, herzlich und etwas gerührt, und Fanny versprach: »Wir legen euch Karten an der Kasse zurück.«

## 12. Kapitel

Der Zirkus hatte sein Lager am Stadtrand, in der Nähe des Strandes aufgeschlagen. Die Wohnwagen, in denen die Artisten lebten, bildeten einen Kreis. Die Butankocher dampften, nasse Wäsche flatterte auf Leinen. Nach dem starken Gewitter war der Himmel tiefblau, die Erde noch aufgeweicht und voller Pfützen. Mari war glücklich, das Zirkusleben aus nächster Nähe mitzubekommen. Alle Wohnwagen waren dunkelblau angestrichen und mit dem Zeichen der Sonne versehen. Die Sonnenbilder waren einfach und wirkten fast so, als hätte ein Kind sie gemalt. Mari war fasziniert. Mit offenem Mund sah sie zu, wie die Zeltarbeiter Stützen, Ringe und Seile aufbauten. Bald erhob sich vor ihren staunenden Augen ein großes weißes Zelt mit zwei Kuppeln. Im »Sonnen-Zirkus« traten nur Reiter auf, das war seine Besonderheit. Es gab keine Luftakrobaten, Clowns oder Seiltänzer und auch keine Tierbändiger. »Raubkatzen sind nicht für den Zirkus gemacht«, sagte Fanny. »Lukas erträgt keine Tiere im Käfig.«

»Und die Pferde?«, fragte Mari.

»Den Pferden macht es Spaß, vor Publikum zu

spielen. Sie genießen den Applaus und lernen bereitwillig Kunststücke.«

Die Wagen für die Pferde standen zwischen Baulastern und Ausrüstungswagen. Sobald der Zirkus an dem Ort ankam, wo die Vorstellung stattfand, wurde ein besonderes Zelt für sie aufgestellt. Maris Herz pochte, als sie dieses Zelt betrat. Die Stallburschen schleppten Strohballen herein und beachteten sie nicht. Alle Pferde standen auf Streu, durch Seile voneinander getrennt. Wie schön sie waren! Die dichten Mähnen waren glänzend und gepflegt. Das kastanienbraune, fuchsrote oder goldbraune Fell glänzte wie Rohseide. Auch für Paloma war der Boden mit Sand und trockenem Stroh bestreut worden, damit ihre Hufe weich standen. Auch mit Futter und Wasser war sie versorgt worden.

Mari rief das Tier beim Namen. Die Stute bewegte die Ohren. Ein Schauer lief durch ihren Körper. Sie blähte die Nüstern, stieß ein sanftes Schnauben aus. Ihre Augen glänzten. Auf einmal senkte sie den Kopf, rieb ihn an Maris Schulter. Mari legte ihr beide Hände um den Hals, drückte ihr Gesicht an das warme Fell, vermischte ihre Locken mit der langen, krausen Mähne.

»Das Pferd liebt dich«, sagte hinter ihr eine tiefe Stimme. Mari fuhr herum und starrte in Lukas' dunkles Gesicht. In seinen Augen schimmerte ein Lächeln. Sie schluckte.

»Ich liebe sie auch.«

»Wenn Tiere und Menschen gemeinsam träumen, entsteht eine besondere Kraft.«

Lukas sprach mit ruhiger Stimme, die er keine Sekunde lauter werden ließ. Er strich Paloma über das Maul. Sie zeigte nicht die geringste Unruhe.

Lukas rief einem Stallburschen etwas zu. Ein paar Sekunden später brachte der Junge ein weiches, geflochtenes Halfter. Lukas nickte Mari zu.

»Sie hat ein empfindliches Maul. Kannst du sie mit so einem Halfter reiten?«

Mari nickte zurück, mit großen Augen. Er schlug ihr leicht auf die Schulter.

»Komm! Wir gehen in die Manege. Es gibt einige Dinge, die man bei einem Pferd genau in Augenschein nehmen muss.«

Sie traten durch den Sattelgang in das Halbdunkel des Zeltes. Mari erschien es wie ein turmhoher Raum, in dem sich die Sitzreihen spiralenförmig hoben. Inmitten der Manege schimmerte eine schwarze Wasserfläche. Sie wirkte geheimnisvoll wie ein Teich, obwohl sie nur knöcheltief war. Lukas rief laut ein paar Worte. Eine Stimme antwortete. Hinter der Beleuchtungsanlage bewegten sich undeutlich zwei Gestalten. Plötzlich flammten zwei Scheinwerfer auf, tauchten das Zelt in goldgelbes Licht. Mari verzog das Gesicht und blinzelte.

»Na, dann zeigt mal, was ihr könnt«, sagte Lukas. Er stieg über die Holzbretter und setzte sich so, dass er die Manege gut überschauen konnte.

»Aber was soll ich tun?«, rief ihm Mari verwirrt zu.

»Vergessen, dass ich da bin«, antwortete er gleichmütig.

Mari nagte nervös an ihrer Unterlippe. Wieder kam ihr Sandras Weissagung in den Sinn: »Du wirst immer im Kreis reiten.« Konnte es sein, dass Sandra die Manege gemeint hatte? Doch jetzt war nicht der Augenblick sich darüber Gedanken zu machen. Sie strich mit den Fingernägeln über Palomas Stirn.

»Du weißt, was du zu tun hast, nicht wahr? Du musst ganz gleichmäßig galoppieren. Platz ist genug da, du wirst schon sehen. Dann also los!«

Sie packte Palomas Mähne und schwang sich auf den Pferderücken. Paloma setzte sich von selbst in einen kurzen, leichten Galopp. Ihr Schritt war so leicht, dass Maris Kopfwunde nicht im Geringsten schmerzte. Sie lächelte zufrieden. So war es gut! Sie fühlte sich wie mit dem Pferd verwachsen. Nun konnte sie die

Kunststücke zeigen, die sie mit Paloma am Strand geübt hatte.
Zuerst schwang sie beide Beine auf die gleiche Seite, sodass sie auf dem Pferd saß wie auf einem Sofa. Dann kniete sie sich auf Palomas Rücken. Das war schon schwieriger, aber eigentlich kein großes Problem. Vorsichtig richtete sie sich auf. Das war das Schönste, wenn sie stehend und mit ausgebreiteten Armen von Paloma getragen wurde. Dabei hatte sie das Gefühl zu fliegen. Schon ein leichtes Rucken hätte sie in den Sand geworfen, doch Paloma kanterte absolut gleichmäßig. Jetzt ein kleiner Sprung: Mari saß wieder rittlings auf der Stute, trieb sie zu größerer Geschwindigkeit an. Nun glitt sie unter dem Leib auf die andere Seite, schwang sich wieder empor. Auch diese Spiele waren nicht allzu schwierig, denn sie hatte schon damit begonnen, als Paloma noch ein Füllen war. Doch nach einer Weile schmerzte ihr der Kopf ein wenig. Sie ließ Paloma langsamer traben und brachte sie schließlich zum Stehen. Mit einer kleinen, zufriedenen Grimasse, die sie nicht verbergen konnte, zog sie ein Bein hoch, schwang es über den Pferderücken und glitt leichtfüßig hinunter.
Schon stapfte Lukas durch den Sand auf sie zu. »Schmerzen?«, fragte er besorgt. »Es tut mir

leid, dass ich dich strapaziert habe, aber ich wollte klarer sehen in dieser Sache.«

Er steckte die Hand in seine Hosentasche und hielt Paloma einen Klumpen Zucker hin. Die Stute leckte zufrieden daran. Mari war sich sofort sicher, dass Paloma Lukas mochte, denn von einem Fremden hätte sie nichts angenommen.

»Hast du dir das alles selbst beigebracht?«, fragte er das Mädchen.

Mari nickte. »Draußen. Am Strand.«

»Paloma ist ein gutes Pferd«, sagte er.

Sie tauschten ein Lächeln. Auf einmal verfinsterte sich Maris Gesicht. Sie dachte an Marcel Aumale. Ihre Knie wurden plötzlich weich und ihre Kopfwunde pochte.

Lukas schien zu wissen, was sie fühlte. »Es ist besser, du ruhst dich jetzt aus«, sagte er. »Du bist noch nicht bei Kräften. Und mach dir keine Sorgen um das Pferd. Es ist bei mir gut aufgehoben.«

Er nahm den Halfter und führte die Stute aus dem Zelt. Mari bemerkte verwundert, dass Paloma sich benahm, als wäre sie immer bei ihm gewesen.

# 13. Kapitel

Tut dir das weh?«, fragte Lola.

Sie untersuchte Maris Wunde, legte ihr die Hand auf die Stirn. Mari schüttelte den Kopf, sodass das lockige Haar ihr über die Augen fiel.

»Kaum noch.«

»Kein Fieber, zum Glück!«, sagte Lola.

Sie saßen auf den Stufen des Wohnwagens. Der Gestank der Müllhalde wehte über den Lagerplatz. Mari hielt Deborah auf ihren Knien. Die Kleine gähnte schlaftrunken und strampelte. Lola sah traurig und verstört aus. Zu ihrem bunt bedruckten Rock trug sie eine abgenutzte Strickjacke und alte Sandalen. Sie hatte das Tuch der verheirateten Frauen in ihr Haar geknotet. Mari wusste, dass sie es trug, damit andere Männer sie in Ruhe ließen.

»Was hast du da bloß wieder angestellt«, schalt Lola sanft, nachdem Mari ihr die ganze Geschichte erzählt hatte. »Du hast mir versprochen, das Pferd nicht mehr anzurühren. Wenn du etwas versprochen hast, dann musst du es auch halten.«

Mari hörte nur mit halbem Ohr zu.

»Wir sind zusammen in der Manege geritten! Das war schön wie ein Traum.«

»Träume nicht zu viel davon«, seufzte Lola. »In zwei Tagen zieht der Zirkus weiter. Und wenn du Aumale das Pferd nicht zurückbringst, wird die Geschichte ein böses Ende nehmen.«

Mari drückte einen Kuss auf Deborahs verschmierte Wange.

»Lukas hat gesagt, dass er mir helfen wird.«

»Sei vernünftig!«, sagte Lola. »Glaubst du, er will, dass Aumale ihm die Polizei auf den Hals schickt? Eines Tages, wenn du älter bist, wirst du merken, dass Erwachsene die Dinge anders sehen.«

Doch Mari hörte kaum hin, denn sie wollte sich ihre gute Stimmung nicht verderben lassen. Sie freute sich so sehr auf die Zirkusvorstellung am Abend – und außerdem war heute das Fest der Schwarzen Sara! Zweimal im Jahr fand dieses Fest statt. Die Holzstatue der Schwarzen Sara befand sich in der Kirche, in einer unterirdischen Kammer. Heute war es Mari besonders wichtig, der Heiligen ihren Gruß zu überbringen. Von der Menge geschoben, zwängte sie sich durch das Portal. Stickige Luft schlug ihr entgegen. In den Gängen drängten sich die Pilger, fast alle mit einer brennenden Kerze in der Hand. Stufen führten hinab in das alte Gewölbe.

Die Schwarze Sara stand auf einem Steinaltar. Sie trug ein Gewand aus blauem Brokat und ein Diadem aus Strasssteinen. Sie war über und über mit besticken Taschentüchern, Seidenschals und Tüllschärpen bedeckt, denn in der Hoffnung, dass ihre Wünsche in Erfüllung gingen, machten viele Sara Geschenke. Frauen und Männer drängten sich vor der Statue, beugten vor ihr die Knie und küssten sie auf den Mund. Die Masse der Pilger schob Mari weiter, bis sie vor dem Altar stand. Lola hatte ihr ein altes Taschentuch gegeben, mit Erdbeeren bestickt, das noch von ihrer Großmutter stammte. Mari hob sich auf die Zehenspitzen, legte ihr Geschenk zu den vielen Tüchern, die bereits die Schultern der Holzfigur bedeckten. Ihre Lippen bewegten sich.

»Heilige Sara, mach, dass meine Mutter wieder glücklich wird und lacht. Und dass ich Paloma behalten darf!«

Abends waren alle Straßen schwarz von Menschen. Kinder zündeten Knallfrösche an, sprangen fröhlich kreischend zurück. Feuerwerksraketen stiegen hoch. Karusselle drehten sich, Händler verkauften Zuckerwatte und andere Leckereien. Straßenmusikanten spielten, Mädchen und Burschen tanzten, ließen Kastagnetten klappern. Das Zirkuszelt flimmerte in der Nacht wie ein Traumbild.

»Oh, sieh doch, Mama, sieh!«, rief Mari. »Ist das nicht wunderschön?«

Sie schleppte Deborah auf ihrem Rücken. Die Kleine trug ihr Kleidchen aus weißer Spitze und eine rosa Schleife im Haar.

Lolas rehbraune Augen leuchteten wehmütig. »Immer wenn ich ein Zirkuszelt sehe, denke ich an früher. Wir haben den Zirkus im Blut. Aber unser Leben ist ganz anders geworden. Damit müssen wir uns abfinden . . .«

Fanny war schon für ihren Auftritt gekleidet: Sie trug ein schwarzes Kostüm, Beinschützer, eine Nelke im Haar. Sie begrüßte Lola voller Zuneigung, nahm Deborah in die Arme und spielte eine Weile mit ihr. Inzwischen strömten die Zuschauer in das Zelt. Lola, Mari und Deborah hatten die besten Plätze bekommen: im unteren Teil des Zeltes, gerade hoch genug, dass sie alles gut sehen konnten.

Die Vorstellung begann. Zum Klang der Trommeln und Flöten zeigten Reiter aus aller Welt ihre Kunststücke. Mongolen, Ungarn, Araber und Indianer stürmten in die Manege. Reiter und Pferde teilten die gleiche Freude am Spiel, schufen Traumbilder voller Klänge und Farben.

Doch plötzlich scheute ein Araberhengst, als ein

junger Mann einen Purzelbaum auf seinem Rücken schlug. Ein Beben lief durch die Zuschauer. Der Junge prallte schwer auf dem Boden auf, wurde sofort aus der Manege getragen.
Lola biss sich hart auf die Lippen. Sie sprang auf, verließ hastig ihren Platz, zwängte sich durch den Sattelgang nach draußen. Mari folgte mit ihrer kleinen Schwester im Arm.
Man hatte den Verunglückten in einen Wohnwagen gebracht. Die Artisten, blass unter ihrer Schminke, drängten sich auf der Treppe. Lola zwängte sich sanft durch sie hindurch, leise Entschuldigungen murmelnd. Der Junge in seinen roten Pluderhosen lag mit verzerrtem Gesicht auf einer Pritsche. Kalter Schweiß bedeckte seine Stirn. Doch schon untersuchte Lola den verletzten Fuß und begann, ihn mit sanften, geschickten Bewegungen zu massieren.
»Zum Glück nur eine Verstauchung«, sagte sie atemlos.
Sie massierte eine Weile den Fuß. Der Junge entspannte sich, lächelte erleichtert. Da betrat Lukas mit schweren Schritten den Wohnwagen. Er war schon für die Manege gekleidet, trug schwarze Pluderhosen und Stiefel.
»Der Arzt wird gleich kommen«, sagte er.
Lola sah zu ihm auf.
»Das wird kaum nötig sein. Die Schwellung ist

schon abgeklungen. Morgen werde ich ihm eine Salbe bringen. Ich stelle diese Heilmittel selber her. Sie wirken gut.«

Lukas betrachtete Lola sehr aufmerksam.

»Schwester, woher weißt du, wie man Verletzungen behandelt?«

Sie warf ihr Haar aus dem Gesicht.

»Ich kenne mich darin aus. Meine Mutter hat mir alles beigebracht. Sie hat sich auch um meinen Vater gekümmert, wenn er gestürzt ist. Er war Kunstreiter bei Bouglione«, setzte sie hinzu.

Der verletzte Junge riss bewundernd die Augen auf, als sie den Namen der bekanntesten Zirkusfamilie Europas nannte.

»Die Schmerzen sind weg!«, stellte er verblüfft fest.

Er wollte sich aufrichten, doch Lola hielt ihn zurück.

»Nein, du darfst dich jetzt nicht bewegen. Dein Fuß braucht Ruhe.«

Sie lächelte Lukas an.

»Er wird bald wieder reiten können.«

»Meine Mutter hat heilende Hände«, rief Mari stolz.

Lukas nickte nachdenklich.

»Ja, das sehe ich wohl.«

## 14. Kapitel

Auch am nächsten Tag war Mari wieder beim Zirkus. Sie half den Stallburschen die Pferde abzureiben, zu bürsten und zu tränken. Sie verteilte Gerste und Hafer zum Fressen, warf Schüttstroh und trockenen Mist auf den Boden. Später aß sie im Kantinenzelt, mit den Artisten, Stallburschen und Arbeitern. Zu dem Zirkus gehörten ein Dutzend Kinder aller Hautfarben, die fast alle reiten konnten und mit den Pferden lebten wie mit Freunden. Doch so gut wie Mari ritt kein anderes Kind. Mari hörte zufällig, wie Lukas zu Fanny sagte: »Die Kleine reitet wie der Wind.«

»Und ihre Mutter arbeitet wie eine Ärztin«, erwiderte Fanny. »Das ist außergewöhnlich.«

Als sie merkten, dass Mari zuhörte, wandten sie sich ab und sprachen von etwas anderem. Doch am Nachmittag teilte ihr ein Stallbursche mit, dass Lukas sie mit ihrem Pferd in der Manege erwartete. Diesmal ließ er Paloma an einer Leine traben.

»Im Zirkus gibt es besondere Dinge, auf die wir achten müssen«, erklärte er Mari. »Selbst mit geschlossenen Augen musst du wissen, was Paloma tun wird, ob sie entspannt oder nervös ist. Du musst ihren Rhythmus bestimmen, jede Zuckung ihrer Muskeln spüren. An die Zuschauer darfst du niemals denken. Aber du wirst diese Dinge schnell lernen.«

Mari fragte sich nicht, warum Lukas seine Zeit mit ihr vergeudete. Sie empfand ein wunderbares Glücksgefühl, während Paloma unermüdlich und graziös ihre Kreise zog. Der Schimmel trabte regelmäßig, willig, mit leisem Schnauben. Lukas hielt die Leine in seinen gelenkigen Händen. Die kleine Peitsche benutzte er nur, um den Rhythmus anzugeben. Manchmal fuhr er mit dem Riemen über Palomas Flanken, als wollte er sie streicheln. Lukas ließ die Stute gerade galoppieren, als ein Stallbursche in die Manege kam.

»Da ist ein Mann, der Sie sprechen will. Ein Gardian.«

Lukas betrachtete ihn uninteressiert.

»Wir sind beim Training.«

»Er sagte, es sei dringend.«

Lukas warf die Leine auf den Boden. Das Pferd ging im Schritt. Maris Herz klopfte zum Zerspringen, als Gaston das Zelt betrat. Er warf ihr einen Blick zu, der alles andere als freundlich war. Mari wollte ihn fragen, wie er erfahren hatte, dass sie hier war, doch Gaston kam ihr zuvor.

»Deine Mutter hat mir alles erzählt. Wie geht es dir? Keine Schmerzen mehr?«

Mari schüttelte den Kopf.

»Ich bin gekommen, um das Pferd zurückzuholen«, sagte Gaston zu Lukas. Dieser schlenderte gemächlich auf ihn zu.

»Sie arbeiten für Marcel Aumale, nehme ich an?«

Gaston nahm die Zigarette, die Lukas ihm anbot.

»Ich bin der Verwalter. Es tut mir leid, dass die Kleine Scherereien macht. Ich verstehe ja, dass sie an dem Tier hängt, aber es gehört ihr eben nicht. Eine unangenehme Geschichte. Der Chef will das Pferd für sich selbst. Daran ist nichts zu ändern.«

Lukas riss ein Streichholz an und gab Gaston Feuer.

»Offenbar versteht er nicht viel von Pferden«, sagte er kühl. Gaston zuckte mit den Schultern. Lukas fuhr fort: »Ich kenne den Mann. In Avignon hat er Betonbunker gebaut und die Aussicht kaputt gemacht. Schade.«

Gaston stieß den Rauch durch die Nase. »Er sitzt auf seinem Geld.«

»Bequemer als auf einem Sattel, nehme ich an.«

Gaston zeigte sein seltenes Lächeln. Dann wurde sein Gesicht wieder finster.

»Er will das Tier zurückhaben. Oder er erstattet Strafanzeige.«

»Gegen die Kleine?«

»Nein, gegen ihre Mutter.«

Lukas schnalzte verächtlich mit der Zunge. »Schämt er sich nicht?«

»Mit Geld kauft man alles.«

»Aber nicht die Zuneigung eines Tieres.«

Gaston verzog das Gesicht. »Nein. Aber ich kann ihm diese Illusion verschaffen. Dafür bezahlt er mich.«

Lukas schürzte die Lippen. »Tja, man hat nicht immer die Wahl.«

Ein Schweigen folgte. Schließlich seufzte Gaston.

»Steig ab, Mari. Ich muss das Pferd jetzt mitnehmen.«

Mari schüttelte heftig den Kopf. Ihr war, als ob ihre Wunde plötzlich wieder aufplatzte und blutete. Lukas rauchte gelassen.

»Sagen Sie Aumale, dass ich ihm das Tier morgen bringe.«

Mari wurde weiß im Gesicht. Sie starrte ihn an, als hätte er sie geschlagen. Lolas Worte kamen ihr in den Sinn. Offenbar hatte sie recht: Erwachsene dachten anders als Kinder, man konnte ihnen nicht trauen. Sie betörten einen mit schönen Worten und Versprechungen. Und doch war alles, was sie sagten, gelogen. Dicke, heiße Tränen traten dem Mädchen in die Augen. Doch sie konnte jetzt nicht weinen, die Tränen versiegten sofort.

»Ich will das Pferd lieber gleich mitnehmen«, sagte Gaston. »Der Chef ist außer sich.«

Lukas blies den Rauch in die Luft.

»Ich habe das Tier beobachtet und einige Sachen herausgefunden, die von Interesse für ihn sein könnten.«

Gaston legte die Stirn in Falten. Dann nickte er.

»Gut. Ich werde es ihm sagen.«

Er warf Mari einen schuldbewussten Blick zu und schien etwas sagen zu wollen. Doch dann überlegte er es sich anders, murmelte einen Gruß und schlurfte mit hängenden Schultern aus dem Zelt. Lukas warf die Zigarette in den Sand, trat sie mit dem Absatz seines Stiefels aus.

Maris Augen funkelten ihn an.

»Sie . . . Sie haben versprochen, mir zu helfen«, zischte sie.

»Es gibt verschiedene Arten, dir zu helfen«, antwortete er anscheinend ungerührt.

Mari suchte verzweifelt nach Worten. Paloma und sie brauchten einander. Sie war so sicher gewesen, dass Lukas eine Lösung finden würde, doch auch er ließ sie im Stich. Und jetzt sollten sie und ihr Pferd für immer voneinander getrennt werden! Wer konnte ihr gegen so viel Härte und Gemeinheit helfen? Mari ballte die Fäuste, ihre Stimme klang heiser vor Verzweiflung und Zorn.

»Ich … ich finde, dass dieser Zirkus der schönste Ort der Welt ist. Aber ich wollte, ich wäre Ihnen niemals begegnet! Da wäre ich nicht so traurig wie jetzt …«

# 15. Kapitel

Mari kauerte am Zelteingang auf einer morschen Kiste, sah die Reitergruppen durch die Manege jagen. Ihr Herz war schwer vor Kummer, ihre Kopfwunde schmerzte. Das Klirren der Zaumzeuge, das Stampfen der Hufe, das Aufschimmern bunter Seidenstoffe drangen in ihre Wahrnehmung wie ein Traum, der nicht für sie gemacht war. Immer wieder lief Applaus durch die Menge, immer wieder zeigten die Reiter neue, waghalsige Kunststücke.
Die Vorstellung erreichte ihren Höhepunkt, als Lukas, in schwarzen Pluderhosen, auf einem großen Rappen in das Zelt ritt. Das Tier glänzte wie Stahl. Die Mähne wippte auf dem geschwungenen Hals, die schmalen Ohren waren aufmerksam hochgestellt. Zuerst bewegte sich das Pferd im Schritt, dann im Trab über die mit Sägespänen bedeckte Manege. Lukas leitete es kaum; das Pferd schien von selbst zu wissen, was es zu tun hatte. Die Zuschauer waren gespannt, die Trommel ließ ein gedämpftes Pochen hören. Das Licht im Zelt wurde schwächer. Zwei rot gekleidete Frauen wateten mit einem großen Reifen ins Wasser in der Mitte der Mane-

ge. Plötzlich wurde es völlig dunkel im Zelt. Ein Flammenkreis leuchtete auf: Die Frauen hatten den Reifen mit einem Feuerzeug in Brand gesetzt. Nun drückte Lukas dem Rappen die Fersen in die Flanken, jagte ihn im Kreis. Immer schneller und ungestümer wurde sein Galopp. Auf einmal riss Lukas sein Pferd seitwärts herum, stürmte mit voller Geschwindigkeit durch das Wasser, dem brennenden Reifen entgegen. Der mächtige Rücken des Rappen spannte sich. Er flog durch den Flammenring, rannte auf der anderen Seite weiter, während tosender Applaus durch das Zirkuszelt brandete.

Für einige Sekunden vergaß Mari ihren Kummer, hingerissen von dem wunderbaren Schauspiel. Da wehte ein kalter Luftzug über ihren Rücken. Die Zeltplane hob sich. Mari wandte zerstreut den Kopf, als zwei Männer in den Sattelgang traten. Lähmender Schrecken fuhr ihr in die Glieder: Vor ihr standen Marcel Aumale und Gaston. Mari richtete sich auf, wich zurück, gegen die Zeltwand. Doch die Männer hatten sie gesehen.

»Da ist sie«, sagte Gaston.

»Du hast gesagt, sie ist ein kleines Kind«, brummte der Gutsherr. »Aber dieses Mädchen hier ist alt genug; sie weiß, was sie tut!« Seine Stimme klang gereizt und ungeduldig. »Du kannst dir ja denken, warum wir hier sind, nicht wahr?«

Mari starrte ihn stumm und hasserfüllt an. Aumale sagte: »Ich kenne diese Zigeunertricks. Der Pferdeheini sagt, morgen bringt er das Tier. Aber morgen ist der Zirkus längst über alle Berge. Darum hole ich es mir lieber heute Abend.«

Mari grub die Zähne in die Unterlippe. Ihr Herz schlug so laut, dass er es hören musste.

»Da kommt Lukas«, sagte Gaston.

Der Rappe sprengte durch den Sattelgang auf den Ausgang zu, den beiden Männern entgegen. Mari achtete nicht auf das Geräusch der Reiter, die auf der anderen Seite des Zeltes in die Manege brausten. Denn schon hielt der Rappe ruckartig vor ihnen. Aumale reckte das Kinn empor.

»Guten Abend«, sagte er hochmütig. »Mein Name ist Aumale. Ich bin der Besitzer des Pferdes, das die Kleine hierher entführt hat. Wir sind mit dem Wagen da und nehmen es gleich mit. Wo ist es?«

Lukas glitt geschmeidig aus dem Sattel. Bevor er Antwort gab, zog er einen Klumpen Salz aus der Tasche, den der Rappe aus seiner Hand leckte. Dann sagte er: »Sie können es sofort haben.«

Ein Stallbursche eilte herbei. Lukas warf ihm die

Zügel des Rappen zu. Mari drückte sich in den Schatten der Zeltwand. Sie wollte verschwinden, sich in Luft auflösen, nichts mehr denken, nichts mehr fühlen. Doch Lukas trat auf sie zu, legte ihr den muskulösen Arm um die Schulter und zog sie mit sich. Mari sträubte sich vergeblich. Warum war er so grausam? Wusste er nicht, dass ihr der Abschied von Paloma das Herz brach?

»Das Mädchen sollte lieber nicht dabei sein«, sagte Aumale in verärgertem Tonfall. »Sie macht das Tier nervös.«

Lukas nickte abwesend. »Durchschnittspferde brauchen eine feste Hand.«

Mari zuckte zusammen. Paloma ein Durchschnittspferd? Wie konnte er nur so ungerecht sein? Er warf ihr einen kurzen Blick zu. Der Blick war so schnell, dass nur sie ihn sah. Mari wusste nicht, was sie davon halten sollte.

Aumale, der einen ganzen Kopf kleiner war als Lukas, sah wichtigtuerisch zu ihm empor.

»Der Schimmel ist sehr attraktiv, wirklich etwas Besonderes.«

»Ach, ich weiß nicht«, antwortete Lukas gleichgültig. »Bei manchen Pferden kann man sich täuschen.«

Gaston öffnete den Mund und schloss ihn sogleich wieder. Aumale zeigte ein frostiges Lächeln.

»Nun, für mich ist die Stute genau die richtige. Ich werde sie zum Springen dressieren.«

In Lukas' dunklem Gesicht war kein Gefühl zu erkennen.

»Dann sollten Sie ihr aber zuerst ihren Fehler abgewöhnen.«

Gaston starrte ihn kurz an, wandte jedoch sofort die Augen ab.

»Welchen Fehler?«, fragte Aumale misstrauisch.

»Sie wirft die Füße seitwärts. Dadurch bilden die Hufe vom ersten Gelenk an eine krumme Linie. Das ist wenig vorteilhaft. Haben Sie das nicht gemerkt?«

Aumale schien betroffen.

»Nein, überhaupt nicht. Und du, Gaston?«

Der Gardian verzog das Gesicht und machte eine Bewegung, als sei er der verblüffteste Mensch auf der ganzen Erde.

»Ich habe sie noch nicht so oft reiten können, Monsieur. Sie bockte.«

»Ja, solche Pferde bocken oft«, sagte Lukas.

Aumale furchte die Stirn.

»Wie meinen Sie das?«

»Pferde mit unstabilem Charakter brauchen lange, bis sie merken, was der Reiter von ihnen will. Ich habe schon viele dieser Art gekannt. Außerdem wird es Probleme mit dem Atem haben.«

Aumale sah plötzlich aus, als hätte er auf etwas Saures gebissen.
»Wie kommen Sie darauf?«
»Weil Kopf und Hals einen zu großen Winkel bilden. Das ist beim Springen hinderlich.«
Aumale warf ihm einen Seitenblick zu.
»Hat das Pferd noch mehr Unarten?«
Lukas zog die Schultern hoch.
»Tja, ein paar schon. Aber ich würde meinen, dass jemand, der mit ihm umzugehen weiß, das Tier ganz gut reiten kann.«
Mari starrte zu ihm empor. Allmählich machte ihre Angst einer steigenden Erregung Platz. Wenn ihre Ahnung stimmte, wenn sie jetzt wirklich begriff, warum Lukas solche Dinge erzählte ... Nein, das war unmöglich, unvorstellbar. Sie schob den Gedanken weit von sich. Wahrscheinlich bildete sie sich das alles nur ein.
Inzwischen hatten sie das Zelt erreicht, wo die Stallburschen sich um die Pferde kümmerten. Sie rieben die Tiere trocken, sahen nach, ob sie Verletzungen hatten. Es roch nach Butangas und Pferdemist, nach dem Schweiß von Menschen und Tieren. Aumale sah sich neugierig um und pfiff bewundernd durch die Zähne.
»Sie haben prachtvolle Pferde.«
Lukas nickte.

»Ich habe gelernt, ihre Makel zu erkennen. Das bringt der Beruf mit sich. Da ist Ihr Pferd. Versuchen Sie, mit dem Tier zurechtzukommen. Viel Glück! Und sehen Sie sich vor, es ist tückisch.«

Aumale reckte das Kinn.

»Was, zum Teufel, wollen Sie damit sagen?«

»Ja, aber das sehen Sie doch selbst«, sagte Lukas mit Ungeduld in der Stimme. »Der Kopf!«

»Der Kopf?«, stammelte Aumale.

Lukas legte Paloma eine Hand auf die Stirn, während Gaston beflissen zur Zeltdecke starrte.

»Sie hat keine Ausbuchtung. Das bedeutet, dass sie ein kleines Gehirn hat. Das ist wohl der Grund, warum sie so bockt. Intelligente Pferde bocken nur für kurze Zeit.«

Marcel Aumale schluckte.

»Noch wunde Punkte?«, fragte er lahm.

Lukas zuckte mit den Schultern.

»Kleinigkeiten. Ihr Rückgrat ragt zu weit auf. Ein Geburtsfehler, nehme ich an. Und die Augen schimmern blau, sie ist also nicht ganz gesund. Nichts Schlimmes, glaube ich, aber man weiß ja nicht, was sie als Fohlen zu fressen bekam. Der Tierarzt wird Ihnen Auskunft geben.«

Aumale stand da wie vor den Kopf geschlagen. Inzwischen hakte Lukas das Seil los und sagte mit todernster Miene zu Mari: »Verabschiede dich von Paloma, Mädchen. Und sei nicht traurig. Es gibt schönere Pferde.«

»Warten Sie!«, fuhr Aumale nervös dazwischen. »Ich ... ich habe viele Freunde, die selbst Pferde besitzen. Ich will ein Tier, das sich sehen lassen kann.«

»Dann haben Sie die falsche Wahl getroffen«, sagte Lukas unbeteiligt. »Aber warum ist das so wichtig? Das sind Dinge, die nur Kenner sehen. Es ist trotzdem kein übles Pferd.«

Aumale räusperte sich.

»Angenommen ... ich mache Ihnen den Vorschlag das Tier zu kaufen? Ich meine, das wäre nur so eine Idee von mir. Würden Sie es dann in Ihrem Zirkus verwenden?«

Lukas starrte ihn drei volle Sekunden an, bevor er in Gelächter ausbrach.

»Aber Monsieur! Ich arbeite nur mit makellosen Tieren.«

Aumale wurde rot.

»Aber sie ist eine Stute. Sie kann Fohlen tragen.«

Lukas lachte nicht mehr, sondern schüttelte finster den Kopf. »Auch das nicht ohne Weiteres, leider. Der Schwung ihres Halses gefällt mir nicht. Sie leidet wahrscheinlich an Blähungen. Stuten, die Blähungen haben, tragen selten Fohlen.«

Aumale stieß einen wütenden Seufzer aus.

»Warum hast du mir das nicht gesagt?«, schnauzte er Gaston an.
Der Verwalter kratzte sich am Kopf.
»Nun, Monsieur, Sie haben mich nicht gefragt. Und wenn man das Tier so sieht ...«
»... da denkt man, es sei kein übles Pferd«, fiel Lukas ihm spöttisch ins Wort. Er wandte sich an Aumale.
»Tja, was soll ich sagen? Wenn Sie das Pferd unbedingt loswerden wollen, kaufe ich es Ihnen ab. Wir brauchen störrische Tiere für das Training. Die Reiter können aus ihren Tücken lernen ...«
»Siehst du, Mari«, sagte Gaston mit Grabesstimme. »Du hast die ganze Zeit einem Pferd nachgeweint, das nichts taugt.«
Mari hielt den Blick fest auf ihre Füße gerichtet.
»Ich dachte immer, Paloma sei schön und klug. Aber wenn sie ja krank ist ...«
»Sie hat Würmer«, sagte Lukas verdrießlich.
Aumale betrachtete ihn gereizt.
»Wie viel geben Sie mir für das Pferd?«
Lukas' dunkle Lippen zuckten spöttisch.
»Das werden wir bei einem Glas Wein besprechen. Und dann mit einem Handschlag besiegeln. Wenn Sie nämlich wollen, dass ich dieses Pferd kaufe, darf ich nicht ganz klar bei Verstand sein.«

## 16. Kapitel

Lachen und Stimmengewirr erfüllten das Kantinenzelt. Die Luft war stickig, das Essen gut und reichlich. Ein Samowar stand auf dem Tisch. Wein wurde aus einem kleinen Fässchen gezapft. Die Artisten entspannten sich nach der Vorstellung, aßen mit Heißhunger. Fanny musste immer wieder erzählen, wie Lukas den Schimmel für einen Spottpreis erstanden hatte. Die Geschichte löste schallendes Gelächter aus. »Aumale hat Lukas nahezu angefleht, ihm das Pferd vom Hals zu schaffen.«

Die Artisten bogen sich vor Lachen, schüttelten Lukas die Hand, schlugen ihm auf die Schulter. Lukas schmunzelte wie ein kleiner Junge, dem gerade ein guter Streich gelungen ist. Mari schlang gierig das Essen hinunter. Vor ihr stand eine dampfende Schüssel mit Reis und Fleischklößchen. Lola saß neben ihr, sie hatte Deborah in ihren Schal gewickelt. Lärm und Gelächter schienen der Kleinen nichts auszumachen: Sie schlief tief und zufrieden.

Mari war nicht unglücklich, nur etwas traurig. Paloma gehörte jetzt Lukas. Die Trennung war unvermeidlich. Aber Lukas war ein Mensch, der die Pferde verstand. Und die Tiere spürten, wenn die Menschen sie liebten. Lukas würde Paloma ausbilden, ihr neue Kunststücke beibringen. Das Spiel würde ihr gefallen. Mari seufzte. Morgen würde man das Zelt abbauen; der Zirkus würde weiterziehen. Nein, sie durfte nicht traurig sein. Etwas Besseres konnte sie sich für Paloma nicht wünschen. Mari riss ein Stück Brot nach dem anderen ab, wischte die Sauce von ihrem Teller, bis er spiegelblank war. Als sie den Kopf hob, begegnete sie Lukas' Blick. Mit der Zigarette im Mundwinkel sprach er sie an.

»Hättest du Lust, im Zirkus zu bleiben? Mit uns zu reisen?«

Sein Ausdruck war unergründlich. Mari fuhr mit der Zunge über die fettigen Lippen. Lola saß neben ihr, stumm und steif. Lukas' Augen richteten sich auf sie.

»Schwester, deine Tochter kann gut mit Tieren umgehen. Ich würde gern eine Nummer mit ihr einstudieren.«

Lolas blasse Lippen bewegten sich.

»Und die Schule?«

»Wir haben ein Dutzend Kinder im Zirkus. Und eine Lehrerin, die ihnen Stunden gibt. Sie hält sich an den normalen Unterrichtsplan. Das ist Vorschrift. Und wir sind nur sechs Monate im Jahr auf Tournee.«

Lolas empfindsame Lider zuckten. Auf ihrem leicht geröteten Gesicht zeigten sich widersprüchliche Gefühle. Mari hielt den Atem an. Doch bevor Lola eine Antwort gab, lächelte Fanny sie an. Ihre Finger umschlossen Lolas abgemagerte Hand fest. »Wir möchten auch dich bei uns haben, Schwester. Artisten spielen mit ihrer Gesundheit. Wir brauchen dich.«

Lola schwieg immer noch. Lukas rauchte, mit ernstem Gesicht.

»Hör mir gut zu, Lola. Ärzte haben Studienzeugnisse oder Diplome, aber sie sind nicht immer erfolgreich. Du kennst die Heilkunst der Großmütter. Dieses Wissen darf nicht auf dem Müllberg verrauchen! Ich weiß wohl, die Entscheidung ist schwer für dich. Aber hier im Zirkus wirst du ein Gehalt bekommen. Und deine Tochter auch, sobald ihre Nummer im Programm ist.«

Endlich hob Lola die Augen. Ihr Blick glitt von Fanny zu Lukas, richtete sich dann auf Mari. Ein schwaches, aber glückliches Lächeln erhellte ihr müdes Gesicht.

»Nun, Mari? Warum sagst du nichts? Jetzt ist es so weit: Wir gehen auf die Reise, wie früher die Großeltern!«

Mari bewegte nur stumm die Lippen. Freude und Aufregung raubten ihr die Sprache. Ihre

Wangen glühten. Sie dachte an Sandra, die in ihrer Hand gelesen hatte, was kommen würde. Nun würde sie mit Paloma reisen; jeder Tag würde neue Abenteuer bringen. Sie würden zusammen sein, in einer Welt im Kreis, voller Farben und Wunder. Einer Welt, die jede Nacht neu entstand, sobald die Scheinwerfer leuchteten. Mari blinzelte schlaftrunken. Sie spürte kaum, wie Lola zärtlich ihre Schultern umfasste. Der Lärm, die Stimmen und das reichliche Essen machten sie ganz beduselt. Sie schob ihren Teller zurück, legte den Kopf auf die Arme und fiel in einen tiefen, glücklichen Schlaf.